2022
中国少数民族
文学之星丛书

守望人间
最小的村庄

姚瑶 著

作家出版社

编委会名单

主　任：邱华栋
副主任：彭学明　黄国辉
编　委：刘　皓　赵兴红　翟　民　党然浩

以民族的情意，打造文学的星辰

——"中国少数民族文学之星"丛书总序

邱华栋　彭学明

"中国少数民族文学之星"丛书是中国作家协会少数民族文学发展工程的一个新项目，于2018年开始实施，由中国作家协会创作联络部具体组织落实。出版"中国少数民族文学之星"丛书的目的，是重点培养少数民族文学中青年作家，打造少数民族文学精品，为那些已经在少数民族文学界和全国文学界成绩斐然、广有影响的少数民族中青年作家再助一力，再送一程，从而把少数民族文学最优秀的中青年作家集结在一起，以最整齐的队伍、最有力的步伐、最亮丽的身影，走向文学的新高地，迈向文学的高峰，让少数民族文学的星空星光灿烂，少数民族文学的长河奔流不息。以文学的初心，繁荣民族的事业，以民族的情意，打造文学的星辰。

入选"中国少数民族文学之星"丛书的作家，必须是年龄在50岁以下的、在少数民族文学界和全国文学界广有影响的少数民族作家。不管是否出版过文学书籍，只要其作品经过本人申请申报、各团体会员单位推荐报送、专家评审论证和中国作协书记处审批而入选的，中国作协将在出版前为其召开改稿会，请专家为其作品望闻问切，以修改作品存在的不足，减少作品出版后无法弥补的遗憾。待其作品修改好后，由中国作协统一安排出版，并进行广泛的宣传推广。

中国是一个多民族的大家庭。每一个民族都沐浴着党的民族政策的光辉、感受着党的民族政策的温暖，都在党的民族政策关怀下，蓬勃发展，欣欣向荣。在这个伟大的新时代，我们正创造着中华民族的新辉煌。每一个民族的发展与巨变，每一个民族的气象与品质，都给我们提供了生生不息的创作源泉。我们每一个民族作家，都应该以一种民族自豪感，去拥抱我们的民族；以一种民族责任感，为我们的民族奉献。用崇高的文学理想，去书写民族的幸福与荣光、讴歌民族的伟大与高尚；以文学的民族情怀，去观照民族的人心与人生、传递民族的精神与力量。

我们期待每一位少数民族作家，都能够到火热的生活中去，到广大的人民中去，立心、扎根、有为，为初心千回百转，为文学千锤百炼，写出拿得出、立得住、走得远、留得下的文学精品。不负时代。不负民族。不负使命。

目录

站在时代潮头守望乡愁　　杨玉梅　/1

第一辑　　守望人间最小的村庄

春风，在一夜间抵达　/3
祖林和他的羊正走过春天　/5
时光之锁　/7
入村　/8
天空蔚蓝　/10
修行　/11
夜半时分　/12
数吨的孤独　/13
小心愿　/14
芭芒花　/15

村庄谣 /16

悬于墙上的犁 /17

秋风，经过你带电的身体 /18

微凉的苦 /20

暮色四合，我独自穿过老街 /22

再写小男孩 /24

大雪过后 /26

圭研，从来不只是我简历上的一个字符 /28

一只羊的黎明 /30

圭研记 /31

写不完的村庄 /33

去圭研 /35

爱这人间 /37

小片断 /38

乡村小景 /40

黄昏 /41

红光印象 /43

在圭研收割稻谷 /44

那一年圭研春天的愁绪 /45

在阳芳看风吹稻浪 /46

写写我的祖国 /47

在外乡 /49

乡村小记 /50

多年以前 /52

只有月色知道乡亲的内心 /54

沉默不语 /56

妥协记 /57

世间万物在生长 /58

守望人间最小的村庄 /60

怒放记 /62

我写下人间沧桑 /63

天空记 /64

苗乡侗寨小景 /66

故乡的河流 /68

第二辑　　无限放大我的乡情

时间停留在此刻 /73

野草蔓延 /74

一粒金黄的稻子来到我的诗里 /75

晚点的列车驶过我的心坎 /76

去远方 /78

风，吹向谁的故乡 /79

无限放大我的乡情 /80

雪静静飘落在瓦房上 /82

安静于村庄的诗人 /83

故乡的河床 /85

与一只蝴蝶隔窗凝视 /87

风中的木屋　/89

深夜，听昆虫私语　/90

古道西风　/92

再大的风也刮不跑我的影子　/94

风，吹动母亲的白发　/96

在冬天最后一个夜晚写诗　/97

稻花：一个乡村的隐喻　/99

在一穗稻谷里我们聊到幸福　/101

春天距离很近　/102

落日金黄　/103

旷野安静　/105

寂静的夜　/107

一只蜜蜂藏在花蕊里　/109

在小小的村庄里写诗　/110

山野里，无数兰花在怒放　/112

辽阔的玉米地　/113

大地静谧　/114

那个傍晚　/116

悬崖上的一株旱稻　/118

朝天椒　/119

故乡的灵物　/121

一支火柴的微光　/122

不改姓氏的河流　/123

故乡，已被晚风吹乱　/125

无名的花朵在肆意开放 /127

炊烟藏有无限秘密 /129

失眠 /131

长满铜锈的铜锣 /133

一株向日葵转动我所有的梦想 /135

秋天的细节 /137

在秋天深处 /139

第三辑　故乡，瘦成一粒米

总有些事物让我敬畏 /143

村庄志 /145

老人比影子还瘦 /146

故乡，瘦成一粒米 /148

夜晚的篝火 /149

苍耳 /150

一曲侗歌响起 /151

这块土地没有虚度年华 /152

一只蛙的哲学 /154

打银声 /156

蝉之歌 /157

芦笙吹响 /159

炊烟 /161

三门塘 /162

她把世间万物都绣了进去　/164

在秋风中斩下谷穗　/166

一只不愿意离开村庄的狗　/168

一只鹰在飞翔　/169

在欧洲异域倾听故乡的蝉鸣　/171

在苍茫的灯光下疾走　/173

在侗乡瑶白看大戏　/175

稻子熟了　/177

每一个汉字都是真诚的　/179

一枚土豆内心倔强　/180

炊烟为我打开朴素的柴门　/182

冬天，一只蚂蚁忘记回家的路　/184

遥远的打铁声　/186

与算命先生聊天的下午　/187

黑汗珠　/189

回故乡　/191

大片大片的月光倾泻而下　/193

苗疆辞　/195

站在时代潮头守望乡愁

杨玉梅

　　侗族诗人姚瑶,是贵州省黔东南苗族侗族自治州天柱县人。天柱是一块盛产文学和作家的热土。滕树嵩、张作为、袁仁琮、刘荣敏、谭良洲、熊飞、粟周熊等当代侗族知名作家都来自天柱。姚瑶的文学之旅也是从故乡天柱县的一个叫圭研的小村庄启程的。1996年,年仅17岁的姚瑶发表了第一篇小说,同时也开始了诗歌创作。离别家乡外出求学与工作,甜蜜而苦涩的乡愁滋味让姚瑶的心变得敏感、细腻与丰盈,促使年轻的他听从心灵的呼唤写下了一首又一首乡村恋歌。他的诗在侗族文学界早有名气,在黔东南及贵州也颇为引人注目,他28岁即参加第六届全国青年作家创作会议(2007年),如此年轻的代表在当年大概屈指可数。

　　姚瑶说,故乡的一草一木,故乡的每一个生命都丰富了我的文学内涵。在姚瑶的文学世界里,圭研被当成人间最小的村庄,它既是现实地理的故乡,又是他精神上的故乡。他试图以此作为切入点进入文学艺术想象的天地,用无数文字放大和守望这个小小的村庄。因此,他说,"为故乡立传,多少年了/你成了我文字中的绝大部分/比邮票还小的两个汉字/藏有天地间伟大的爱,举足轻重/阳光到,我的春天就到了/

有笑声，我的世界就歌舞升平。"(《圭研记》)

姚瑶对故乡的书写充满浓郁的抒情意味，几乎每一首诗都饱含深情、动人心弦。如《纸上还乡》是其感念故乡的代表作。诗作开头托物起兴，写妇孺皆知的燕子去了又回，"含在嘴里的春泥／修补去年秋天的窝／一剪羽毛，拉长漫长冬天的思念"，由日常所见的燕子思归转入诗人对故乡的思念：

很多次，我在纸上／写诗、呓语。／……／宿醉的梦，躲在故乡的某一个角落／透过纸背，亲人、旧事、童年／又回到了眼前，只是我的眼睛／已经潮湿，那是昨天不小心／被故乡的风，吹湿／／满纸乡情、眼泪／只有木屋前那株拇指花，还在骄傲地活着／与寂寞的柴门，苍茫相望／……／恍然醒来，泪水湿了一张白纸／泪迹还未干，我的身影已经消失／在故乡之外。

全诗将生活的真实与艺术的想象融为一体，没有直抒胸臆，而是在叙述与描写当中传达自己对故乡的深切思念之情，情感的表达自然贴切，句句含情，画面富有意境美与感染力，给予读者强烈的情感共鸣。

姚瑶离开故乡多年，在美丽的高原小城凯里市生活与工作，他的创作主要是在凯里完成的，所以写作其实是身处都市的他，站在时代潮头的他在一次次回望和想象中回到故乡，在纸上还乡。故乡的种种风物，一首民歌、一座山、一头牛、一只蝴蝶、一口古井、一条狗、一粒稻谷，等等，都能唤起他浓郁的乡愁和独特的情思。

如故乡的晚霞：

如血的晚霞，从我指缝间流淌开去／时光的泪水，盈溢在我的眼眶……故乡、晚霞，离别愁绪都在慢慢老去／能否给我一把熨斗，熨平岁月的皱纹。(《晚霞如血一样红艳》)

诗作既是写晚霞之景，写思乡之情，也是写生命的感慨，内涵丰富，意味深长。

还有朴素无华的田野，习以为常的庄稼地，经过诗人情感的浸润和艺术想象升华为爱的象征：

在田野，庄稼地里，爱情／在苍茫夜色里，苍翠生长／那些割下的稻草，成了爱的婚床／一转眼，就到了秋天／那是爱的收获／／一粒爱的种子，从早春种植到秋天／承诺的誓言，可以茂盛一夏。(《那些生长在田野里的爱》)

只有心中充满爱，眼里含情，头脑善于联想，才能从一粒微小的稻谷中看到爱，发现爱的生成和坚守。这也是稻作民族对水稻的深厚情感。他还写到了稻花：

在故乡／稻花总能打开心扉，并接纳人间／全部的悲欢离合／／田野辽阔，蛙声一片。稻花醉人的舞姿／在阳光下袒露，以饱满的姿势／迎接从异乡归来的你。稻花／留在人间多长时间？一夏或是一生／不管长短，总能躺进你的灵魂里／与你一起，把心事全部讲完……(《稻花总能打开故乡的心扉》)

在作者独特的眼光里，稻花既是实指也是经过艺术想象的虚指。稻花意象充满人情味，雍容大度，是诗人心灵深处最美最贴心的花儿。

喜鹊被姚瑶美誉成是叫醒整个村庄的歌手：

> 喜气的叫声，把早晨叫醒／整个村庄，喜鹊的歌唱此起彼伏／它的叫声，把故乡的天空叫得更深蓝／炊烟也在倾听，几句农谚／挂在老屋檐下，春天开始冒出嫩芽……喜鹊声声，把这个季节叫得更加欢快／我想，父亲的那头牛，一定如痴如醉了。(《喜鹊》)

作者写炊烟也在倾听喜鹊的叫声，季节也因鹊声而欢快，牛儿也陶醉了，拟人手法的运用，托物言志，既描绘了充满鸟语花香的乡村田园风光，也生动传达出诗人对乡村生活的喜爱之情。

以上这几首诗选自姚瑶前几年出版的诗集《芦笙吹响的地方》。这些乡村恋歌格调明朗，积极健康，充满向美向善向上的力量。而姚瑶第一部诗集里的诗作大多充满痛感（书名取自集子里追忆父亲的同名诗作《疼痛》），内容主要是生活无法避免的苦难与令人心痛之事，比如疾病、生离死别、对逝者的思念、对弱者的同情、对恶行的憎恶与批判，等等。任何人都无法医治人世间的种种疾病，写作也就成为诗人自我疗伤的方式，是在纸上宣泄。如在诗作《疼痛》中，作者追忆父亲，其中写到了小时候和父亲吃橘子的画面：

> 你一瓣一瓣地，喂给我／我们友好地推辞，我也一瓣一瓣喂你／此刻，在我手里也有一瓣橘子／可我，再也无法喂给你／像一剂苦药，我怎么也咽不下去了……什么时候，你才回来／在尘世间的某个角落，与我／再次相遇／一场雨过后，杂草又

长满了你的坟头／我恨这隐晦的天气，雨水多／适合万物生长，却长不出你／父亲，请理解我，我没有办法／让你重新，像一株橘子树一样长起来……

作者借橘子和橘子树抒发情感，画面生动，语言自然朴素，情感真挚，对父亲的思念和爱而不在之痛跃然纸上，沉重的哀伤催人泪下。这份疼痛，其实也是爱，是悲悯。姚瑶的敏感、细腻、多情及想象的独特，诗意营造的技巧，可见一斑。

前些年读到这部诗集时，我心中还是隐含丝丝忧虑，担心姚瑶无法承受生命与生活太多的爱与痛，而沉浸于宣泄个人的忧郁和多愁善感，妨害了诗人的继续成长，或者走上充满小资情调的自恋式孤芳自赏。令人欣喜的是，姚瑶诗歌的艺术境界一直在不断提升。特别是新近读到其入选"2022年度中国少数民族文学之星丛书项目"诗集《守望人间最小的村庄》，幡然发现他笔下的圭研意象不再那么令人忧伤和哀婉，村庄依然"活在你的文字里／活在你的心里"（《入村》），而笔下的"村庄多了几分暖色／多了你对尘世义无反顾的赞誉"《小片段》，更令人雀跃的是村庄焕发出新时代社会主义新农村的新气象，"合作社的天麻，绿了山坡／眼看就要丰收了／那个暑假，你常常打开窗户／让阳光跑进来，天空蔚蓝／蓝得让你想哭"（《天空蔚蓝》），"那天下午，我发现阳光／温暖地照耀着每一个角落／小小村庄的背后／是我们强大的祖国"（《修行》）。

不可否认，在脱贫攻坚战胜利结束之前，圭研和全国其他的很多贫困村一样苦不堪言。千百年来存在的贫困，遏制了乡村的发展，使得乡村之美与生活之苦相背而行，正是贫困的生活使得姚瑶在早年的乡村书写中袒露诸多忧郁和悲伤。扶贫与脱贫不仅让人民的生活焕发出勃勃生机,也让诗人的乡愁更换了情绪。如在《春风,在一夜间抵达》这首诗中,诗人勾勒梨花盛开时节的村庄,喜鹊叫醒了春天,比这自然美景更醉人的是生活的喜气:

> 第一书记带来了春天／他来到扶贫第一线／他带来了山外春天的讯息／炊烟飘过山梁,一缕缕／梨花如万盏灯火／照亮村庄的每个角落……春风,在一夜间抵达／磅礴的梨花地／唢呐声响起／村庄的一对新人／举行了盛大的婚礼。

这里的春天,既是自然之春,也是乡村告别贫穷走向新时代之春;梨花如灯火照亮村庄的每个角落,是虚实结合,意境优美;梨花地里一场盛大的婚礼,唢呐声响起,更是喜气洋洋的人间盛景。

当年因为家穷初中没上就辍学的祖林,遇到国家扶贫好政策,他在圭研成立了合作社,他带动村民养羊,成群的羊漫过山坡,"祖林拍了几张与羊的合影／背景是苍翠的树林／他笑得像个弥勒／他在圭研的山沟里,拍下身边的几只羊／连续发微信朋友圈／我给他点赞,更多的人在点赞／成群的羊正在和他走过春天／发出了咩咩的叫声"(《祖林和他的羊正走过春天》)。祖林甜蜜的笑脸和朴素的生活,是新时代乡村生活的新景观,令人欣慰和振奋。

还有,到了秋天,"我在秋风中写下一首诗／赋予它全新的涵义:／玉米、大豆、高粱挤满粮仓／它们带来了秋天／最丰富的表情"(《秋风,经过你带电的身体》),朴素如常的话语传达出全新的感受,丰收的喜悦里浸透诗人对故乡的爱。

乡村有了这些新变化,是因为"小小村庄的背后／是我们强大的祖国"(《修行》)。经过生活与工作的锤炼和洗礼,姚瑶的思想境界也在不断提升,他意识到"再苦涩的生活／也要唱出优美的歌声／再偏远的地方／也要成为心中的故乡"(《一曲侗歌响起》)。在村委办公室之夜,他感悟对人间之爱:"从梦中醒来,你继续写作／夜晚也一直陪着你,星星眨眼／传递纸上温暖／爱这人间／／爱这人间,愿所有的人／能在睡梦中找到幸福／你继续与夜色一道,等待／太阳升起,春天醒来"(《爱这人间》)。由此可以看出,姚瑶是实现了从小我到大我、从自发写作到自觉写作的飞跃。他的诗歌不仅是来自心灵的呼唤,也是呼应了人民的心声,响应了时代的呼唤。这强有力的召唤,激励诗人不但表达自己,更表达人民,描绘时代,从而使得圭研这个小山村,这个邮票大小的故乡,蕴含着丰富的思想和情感。

20多年来,圭研和祖国大地上的其他村庄一样,发生了翻天覆地的变化。姚瑶的心与故乡的脉搏同频共振,他用心用情描绘乡村,记录乡村生活的点滴变化,欢喜着人民的欢喜,悲伤着人民的悲伤。生活、思想与情感的活水绵绵不绝,正是姚瑶的诗歌创作坚持了20多年依然具有可持续发展力量的秘密所在。《守望人间最小的村庄》这部诗集,是姚瑶在人间最小的村庄里守望乡愁,是站在新时代潮头的纸上还乡,也是他献给这个伟大时代和人民的深情的侗族大歌。

第一辑

守望人间最小的村庄

春风，在一夜间抵达

忽如一夜春风来，千树万树梨花开
梨花以磅礴之势，包围了
巴掌一样大小的村庄
这是美好的兆头，枝上的几只喜鹊
已经把春天叫醒，喜庆的声音
比炊烟飘得还远

第一书记带来了春天
他来到扶贫第一线
他带来了山外春天的讯息
炊烟飘过山梁，一缕缕
梨花如万盏灯火
照亮人间的每个角落

低矮的木屋隐藏在梨花深处
犬吠声幽幽地传来
几个小孩还裹着厚实的棉衣
他们是春天最美的点缀
流过门前的溪水，已经解冻

天底下所有温暖的词语
如梨花纷纷扬扬,砸醒了大地

春风,在一夜间抵达
磅礴的梨花地
唢呐声响起
村庄的一对新人
举行了盛大的婚礼

祖林和他的羊正走过春天

祖林拍了几张与羊的合影
背景是苍翠的树林
他笑得像个弥勒
他在圭研的山沟里,拍下身边的几只羊
连续发微信朋友圈
我给他点赞,更多的人在点赞
成群的羊正在和他走过春天
发出了咩咩的叫声

这个个子不高的年轻小伙
现在是两个孩子的爹了
当年家穷,初中没上就辍学
如今遇到国家扶贫好政策
他成立合作社,带动村民养羊
成群的羊漫过山坡
羊鞭抽得欢实

有时,我们通过微信视频
他大声对我说话,像呼唤他的羊群

那一刻，他刻意把手机放低
视频对着吃草的羊群
一只调皮的小羊，闯进取景框
它用湿漉漉的舌头
舔着春天

时光之锁

已锈蚀的锁
拒人千里之外

锁的主人,或许
在沿海某工厂某条流水线上
忘记了时光

或许,钥匙早已丢失

在帮扶的村子,你目睹锁的锈
随时光纷纷而下
你的心,像锈蚀的锁
有了疼痛

你一定也在等待锁的主人
春节,或许就会回来

入 村

门前溪水缓流。人、畜、神灵和睦相处
入村,你写下第一篇笔记

不是浪漫的行走。崎岖山路
你的影子比夕阳还长

在旷野呐喊,声音比风还远
喊山,不仅仅为自己壮胆

你甚至还带了根拐杖
除了撵蛇打狗,还打寂寞

路边花草,生机勃勃
卑微,内心却装有天下

最远的那个村庄,活在你的文字里
活在你的心里

多少次,你在夜色中祈祷

总有一天，村庄会长出翅膀

人间最温暖的烟火，不外乎
孤寡老人老李家飘出那一缕炊烟

天空蔚蓝

女儿在村子快乐地奔跑
每一声细碎的脚步,都可以
绽开你的笑脸
敲开春天的门扉

你说,带女儿去村子
情非得已。村子的各类信息
多如蚂蚁。事无巨细,家长里短
事多、杂、乱,你偶也有心烦

常来村委办公室溜达的那只小猫
成了女儿的伙伴
村子里的一只鸡、一只鸭、一只画眉
都成了她的好伙伴
好伙伴们聚在一起,说着悄悄话

合作社的天麻,绿了山坡
眼看就要丰收了
那个暑假,你常常打开窗户
让阳光跑进来,天空蔚蓝
蓝得让你想哭

修行

你躲在一簇簇菊花后面
翻开日记本,文字密密麻麻
你在梳理建档立卡户
每一个汉字的背后
都是一颗跳动的心脏
和一根点燃的火柴

周而复始的每一天
你说,现在的困难
各种考验,以及所做的一切
都是你,以及众多的驻村干部
在人世间的修行

那天下午,我发现阳光
温暖地照耀着每一个角落
小小村庄的背后
是我们强大的祖国

夜半时分

夜半时分，天空似乎触手可及
高远的星星，低垂的冷月
落进你的睡眠

风从吊脚楼的缝隙吹过
发出哨笛的响声
把无数个故事，拉远
无数心事，袭进你的心里
触碰了辽阔的夜

数吨的孤独

村口那株大树,再高、再挺拔
也无法刺破天空

守着村庄的荣辱兴衰
几百年了,它不曾离开半步

老人孤苦伶仃,沉默如石
垂暮的夕阳,少了刻骨的温暖

大树有着数吨的孤独
几次大风,都吹不倒它

小心愿

进村子的路上,有无数小石子
被碾轧得不成样子了
人、畜从上面经过
熟视无睹,一点不起眼
却不可或缺

做一枚铺路的石子
为村子做出一点点奉献
是你的小心愿

这个心愿约等于拂过窗前的风
只剩下卑微的想法
却依然温暖如初

掷地有声。小石子发出声响
一枚铺路的石子
被敲开,内心藏有秘密
装满了初心
装有一个祖国

芭芒花

满山遍野的芭芒花
快把整座山压弯
像腾起的云朵
毫无保留袒露自己的白

村人在忙碌。你穿过山间小路
重复平凡而重要的每一天
你在走村串户
大面积的芭芒花
包裹着你,你的汗水
风无法一下子吹干

我握在手里的相机
总是找不到焦点
放大的马赛克,隐藏不了
沉甸甸的信心
像秋天,满山遍野的芭芒花
浩浩荡荡

村庄谣

航拍。鸟瞰你所在的村庄
恍若一张打开的树叶

和众多的村庄一样
小得让人记不住名字

一枚小小的心脏
蛰伏在祖国的大山深处

村庄的每一次呼吸
每一次心跳,连着你

你去驻村,带去春天的气息
你把村庄的名字放大

更多的时候,你等同于村庄
互相交换着沉默、颤抖

悬于墙上的犁

蛰伏在那里。似乎有一副好的脾气
闲置已久的犁
悬挂于墙上,高高在上的样子
像一具朴素的牛头

裸露铁的部分,像锋利的刀
剖开板结的大地
犁,欢快地吃着泥土
打捞村庄最后一句农谚

曾经热闹的场景,已经不见了
作为犁的功能,闲置已久
但铁的部分,依然锃亮

没有牛陪伴的犁
异常孤独,一具具犁
被犁田机器取而代之后
悬挂于墙壁之上,成了文物
像祖父的遗像,高高在上
朴素如一尊不朽的佛

秋风,经过你带电的身体

秋风,就像一场恋爱
闪过你带电的身体

秋天,让人脸红心跳
我独爱的人间,万物成熟

秋风,加速度经过你带电的身体
带着慈悲,吹熟了遍地黄金
从一粒稻谷说起
出阁的新娘,已备好嫁妆
低垂的稻子在风中摇曳
等待秋天的镰刀

秋风,闪过黔东南大山深处
闪过你带电的身体
闪过再也平凡不过的每一天

我在秋风中写下一首诗
赋予它全新的涵义:

玉米、大豆、高粱挤满粮仓
它们带来了秋天
最丰富的表情

微凉的苦

祖国西南,黔之东南,某个村庄
太小太小的村庄
比一枚邮票还小
田野里,皱褶一样的土地
遍种苦瓜

撒下一粒种子
石缝间、墙根边、门前屋后
苦瓜也能生根发芽,长势蓬勃
季节深处,一场春雨过后
你把二十四节气唱成一首歌
苦瓜,真能吃苦

你也把苦瓜种在心坎上
我们都是世间上苦命的孩子
耷拉着苦瓜皮一样的脸
互相倾诉满肚苦水

内藏真火,不露声色

用微凉的苦,告慰灵魂
苦到极致,一定是甜
在梦中笑醒,你喃喃自语:
村子的苦日子,总算要熬出头了

凉拌苦瓜,清炒苦瓜,苦瓜炒鸡蛋
除填饱胃之外,还能祛暑涤热
你把苦瓜写入诗歌
赋予苦瓜哲学的高度
期望能起到明目解毒的功效

暮色四合，我独自穿过老街

天色渐暗，我独自穿过老街
幽暗、狭长的巷道缄口不言
暮色四合归来的人
他们埋着头，行色匆忙
昏黄的灯光提前抵达，漫天雪花
是这个黄昏最好的暗喻

雪落在青瓦上，雪落在古香古色的吊脚楼上
无边的夜色，挤压匆忙的人间
常年坐在巷道口的老人
像一尊黝黑的石头，他靠问卦营生
烧鸡蛋不再是迷信
他对每一个匆忙的行人
都报以一笑，并目送至消失

黄昏时刻，我独自穿过老街
我要看那尊石头，是不是还在
雪花已染白他的额头
仿佛老街不及他的苍老

老人在，巷道口变得温暖
雪都落到他的身上
他替行色匆忙的人们
挡住了吹入巷道的寒风

再写小男孩

多年前,我写过一个捡烟头的小男孩
不知道他现在,是否
还在给他父亲满村子捡烟头

这次入村,看到一个小男孩
整整一个上午,他趴下身子
守在村口的池塘
几尾鱼和荷花,是他的全部
他始终笑着,认真的样子
仿佛抵达美好的人间
一滴水就可以泅渡

清澈见底的池塘
小男孩看见比生命还厚重的倒影
天空蔚蓝,一只小鸟飞过
他用小石子击打水面
扮着的鬼脸,在水波里荡漾

小男孩是孤儿,吃百家饭

这个上午,他要穿过池塘和一片松树林
到村口的小学去
茂盛的荷花,温暖的太阳
和不绝于耳的鸟鸣
小男孩怀揣了满满的梦想

大雪过后

大雪过后，旷野变得干净
老吴门前的整片竹子
仿佛一夜间长高
它们亮出铮铮骨节

老吴是五保户
你多次入户，与他交谈
他显得难为情
一会儿蹲着，一会儿坐着
交替姿势承受身体的痛
脸上始终保持着笑
像大雪过后萎缩的花朵

大雪压弯整片竹林，极限的重
没有折断竹子
忍耐性极好的植物
让你无数次想起眼前的老人

大雪过后，竹子内心坚硬

一片片竹叶，恍若飞翔的翅膀
翅膀之上，挂满露珠
像感恩的泪水

圭研,从来不只是我简历上的一个字符

我无数次回乡,回到圭研
活生生像个局外人
春风不度,一副不欢迎的样子
村口的老黄狗朝我吠声不断

我的父兄,把身子交给土地
他们想在黄泥土里,找到
活下去的理由,一辈子活得卑微
让我心疼不止

进入村口,一大栋空荡荡的砖房
挡住了我的视线
村人说,房主过完春节又去了沿海
流水线耗去大半生
空荡荡的房里长满了老鼠

弯腰驼背的老妇,背着稻草
拄拐杖,身子弯下九十度
基本与道路平行

以这种姿势向命运妥协

无数次摔打,村子虚胖
让我不敢相信自己的眼睛
而这是生养我的圭研,让我心酸
圭研,这个人间最小的村庄
应该有着宏大的叙事背景
这两个汉字,绽放在所有名词之上
从来不只是我简历上的一个字符
应该像锋利的钉子
无数次嵌入我的诗歌

一只羊的黎明

黎明,带着潮湿的呼唤
一只羊,低垂着眼睑
它的每一次抬头,都有几分谦卑
——它扬起头,阳光正好投射下来
有露水在它眼里
它认真地眨了眨眼睛
内心极度安详
像生命洁净的水,缓缓流淌

我不能猜测一只羊的全部心思
我不能打破黎明前的宁静

它的眼睛,是干净的
有期盼,想叫我牵走的样子

我目睹一个辍学儿童的眼睛
那双眼睛和羊的眼睛一样
干净,仿佛要说出内心的全部
却又欲言又止
有些无奈、羞涩
谦卑,和慎重

圭研记

对于浩渺的宇宙,你太小了
对于我,你却是辽阔的
我可以不存在,但你一直在那里
我一直在地图上寻找
更加缩小版的你
然后放大,放大,再放大
写下你的名字:圭研
这两个汉字快把天空撑破

为故乡立传,多少年了
你成了我文字中的绝大部分
比邮票还小的两个汉字
藏有天地间伟大的爱,举足轻重
阳光到,我的春天就到了
有笑声,我的世界就歌舞升平

此刻,离你数百公里
无论如何变老,我还是存在的
在圭研面前,我才是真实的自己

那里的山、那里的水，才是我的
每一声鸡鸣，每一声犬吠
都能在我心里荡漾

在文字与文字的空隙
村庄长出了新绿
田野翻耕后弥漫的气息
那是世间万物带来的灵魂芳香
是粮食，收获的喜悦

写不完的村庄

帮扶的村庄，在你的心里
就是伟大的祖国
你倾注的爱，大于村庄
全部的辽阔

任何一声响动
都能触动内心的柔软
孤独，是村庄的一部分
老人更老，小孩更小
孤独，有时变得更加决绝

你的文字，再深刻一点
就可以写入骨髓
有些世事可以忽略
但你，依然执着在抒写
比如这村庄
写不完的乡愁

村庄的孤独、破旧

无序、失落，所有汉字
尽情舞蹈，成为诗歌意象
春天，也许在明天
就来临

去圭研

圭研,在你眼里
不值一提。它的名不见经传
干瘦的、善意的两个汉字
却在我的简历中
出现无数遍

刚到村口,苍老的小白
一眼就认出了我,它跟在我的身后
像分别多年的兄弟,略有矜持
我们顺着村道走了很久
大部分时间保持沉默
像圭研的秋天一样,郁郁寡欢
秋风已渐凉

枯黄的树叶从身边飘落
这条小白狗已经很苍老了
它颤巍巍的样子
让我想起风中的残烛
如果不用心呵护

转眼就被大风吹熄

去,是一个动词
有着衣锦还乡的轻狂
收割稻谷,或是玉米?理由是什么
我边走边想,却得不到答案
村子里很少看到耕牛了
一只野兔一闪而过
它胆怯,像我
近乡情怯的样子

爱这人间

从梦中醒来,你还伏在案前
村委办公室那盏不眠的灯
彻底把夜色照亮。窗外月色淡了
或许再过两三小时
太阳就要升起了

从梦中醒来,内心安宁
你已经翻开新的泥土
种下一粒种子,渴望春天
早一点醒来

从梦中醒来,你继续写作
夜晚也一直陪着你,星星眨眼
传递纸上温暖
爱这人间

爱这人间,愿所有的人
能在睡梦中找到幸福
你继续与夜色一道,等待
太阳升起,春天醒来

小片断

一只鸡飞过窗台,翅膀扇乱晚霞
几只鸭在池塘游弋,水波荡漾
村庄最原始的小生灵
小得成为你笔下的一枚枚汉字
风一吹就聚在一起了
踩夕阳归来,一头牛悠然自得
几声犬吠,孤寂的村庄多了几分生气

放学归来的儿童,悄悄推开柴门
他要在天暗下来之前
擦完爷爷的身子,然后生火做饭
月上枝头,爷孙俩
经历另一种程度的繁忙

这是极平凡的一天,生活的小片断
每一个小片断,与你息息相关
你爱上人间的小片断
爱上这小片断的每一寸光芒

不再沉默,你把小片断
交给了世界,在你的笔下
村庄多了几分暖色
多了你对尘世义无反顾的赞誉

乡村小景

不知名的花草
在石头的缝隙间生长，蓬蓬勃勃
来得比春天还早

乡亲们说着方言，偶尔
也有一两句不标准的普通话
大部分听不懂
但夸张、毫无掩饰的手势
已经表达了他们内心的热情

一小孩咧开笑容
跟在我身后，学着我照相的样子
"茄子！"他大声地喊着

进村的公路已修平整
风在我耳边说着悄悄话
木楼飘起炊烟
归家的牛羊
染上金黄，背着满身夕阳

黄 昏

云层低矮，可触摸天空
大雨滂沱。天空昏黄
回家，回家的欲念强烈
躲进一栋可以避雨的木楼
就回到温暖的家
村庄烟雨朦胧，加剧惆怅
忧伤如盈淌开去的流水
圭研，比五号宋体字还小的村庄
涌入我的诗里，无限地放大

从泥泞的小路，抵达
从一脉血液里，抵达
一场雨后，内心变得更加干净

倚在木楼某一扇窗前
你完成了全部的乡愁之旅
窗外，每一条山路
都通往遥远的家

一次次行走,在黄昏到来的那一刻
尘世间所有的道路
最终只有一条,通往家的方向
今夜的吊脚楼在风雨中飘摇
内心数吨的愁绪
连同窗外毫无休止的风雨
枕在一起同眠

红光印象

拐过几个山头,就到达了红光村
这是我要去的第二个扶贫点
几团白云,绵羊一样跟着我
到达山顶,下起了雨点
松树,巴茅草,河滩边上的水草
被雨水一浇,变得更加柔和
村小琅琅书声,越过山岗
到村口就已耳闻

村小是最漂亮的房子。几只麻雀
也醉在书声里,忘记了飞翔
书声飘进升起炊烟的某个屋檐
抽着叶子烟的老汉,向村小望去
满是虔诚、敬畏

玉米、高粱,一节节拔高
比我的文字长得还快
村委门口栽种的南瓜,绽开了花
一只蜜蜂正在花蕊里
像打开的书页
最温暖的那一枚文字

在圭研收割稻谷

弯下腰身,与稻田呈平行角度
这样收割稻谷的姿势
保持绝对的谦卑、敬畏

久经农事的父亲已不在了
留在稻田旁边的是一堆坟茔
长满了杂乱的蒿草
它们与稻子一比高下,一同悲喜
在锋利的镰刀面前
坦然认下命运。那个秋天
我收割稻谷,怀念父亲
用粗糙的劳动记录
人世慈悲和最后的农耕

那一年圭研春天的愁绪

春暖乍寒。连绵的雨水
圭河水满，冲垮了几道田坎
用圭研人的说法，有些不像话了
他们对气候的认知
敏感到了极点。"四月八冷死老母鸭。"
"雨淋春牛头，七七四十九天愁。"
他们反复对农谚进行揣摩
雨水，一滴滴、一寸寸
落入我心里

那一年，我和春天有着太多的愁
情绪比父亲还要低落
老人挺过了冬天，却熬不过倒春寒

低沉、压抑的唢呐在葬礼上吹响
播下的种子迟迟不发芽
乌鸦低飞，百兽归隐
村庄可以装下大千万物
只是春天的雨水太多
装不下我小小的愁

在阳芳看风吹稻浪

在阳芳红米种植基地,晚风拂来
如千军万马,跑进我的心里
饱含糯香味的风
吹过九月,吹过村庄的旷野
释放善良的暖

夕阳下,摇曳的稻谷
像闪烁的金箔
吉祥的谷类,滋养我的躯体和灵魂
褪去金子的外衣,血红的
嵌入我体内的谷粒
在辽阔的土地上
喊出了人间的慈悲

写写我的祖国

在宣纸上庄严落笔：中国
一横一竖，狼毫抒写的十二笔画
浓重的墨迹，力透纸背
足可以见证
这两个字的分量

某日，我在扶贫村采访
第一书记向我描绘村子的规划
扶贫作战地图上
插满了小红旗，一面比一面鲜艳
仿佛攻克的一个个碉堡
一个个惠民产业，蓬勃兴起

在易地移民小区，与一老人聊天
阳光打在他的脸上
这位一九四九年出生的老人
名字叫建国，他说名字取得好
他见证了新中国的变化
由站起来、到富起来、到强起来

每一个变化,都值得抒写

挺拔、坚硬、不屈
祖国,两个庄严的汉字
挺起了民族的脊梁
强大的骨架支撑一片蓝天
蓝天下,瑞祥的人们
幸福的笑脸如花

在外乡

寄身于别人的城市
心还在圭研,我习惯用指甲
比喻成生养我的村庄
里面装有我的全部
我一直在掏指甲间的垢物
仿佛要掏出故乡的炊烟和火焰

步伐蹒跚,岁月将老
故乡的老人接力赛一样
老去。他们在潮湿的木楼里
沉湎于过去的喧嚣和热闹
盘算一日三餐,掰着指头数光阴

多少年了,我混成了外乡人
蜗居于城市一隅
常常变换身份,把自己装扮成
人五人六的城市人
穿西装、打领带,弥勒般笑
遇君子也遇小人,屡遭算计
依然大大咧咧,心里最计较的
还是圭研一草一木的荣枯

乡村小记

山谷深处散住几户人家
远远看去，像一幅山水画
不小心滴落的墨水
显得孤孤单单

几个老人抬着棺材越过山梁
巴茅草高过他们的人头
溪水低处，呜咽着缓缓流动
一缕炊烟正在升起

这是乡村常遇见的场景
那一日，在黔东南某个小村庄
我们坐在傍晚的风中
夕阳低矮，有朋友拍下照片
他谈及自己的小村庄
日渐凋敝，人去村老
年轻人在他乡
举首打望故乡的明月

半山腰上，云雾缭绕
像电影梦幻的场景
几只乌鸦在诉说着什么

在乡下，我打开最后的村志
有些事物，依然存在：
比如山谷的灯盏，流淌的溪水
老去的乡贤，成长的小孩
山梁上孤独的坟茔

多年以前

多年以前，我在月亮山上采访
半夜露宿一安静的村子
一只小狗守在我的帐篷前
一整夜，它安静如初
天亮时，我打开帐篷，它跑开了
它害怕生人的眼睛
它的跑开，仿佛带走了
我心里最脆弱的东西

我在村子里拍下很多照片
每一张人物，都有一双双
溪水一样干净的眼睛
那只小狗无意间走进我的镜头
它的眼睛，和人一样
有着清澈、透明、无邪

多年后，我再次走进这个村子
在原来的位置，搭起帐篷
我有着宽阔的期待

期待那只小狗,再一次
孤独地守我一晚上
像多年前那样

再也找不到可以倾诉的那只小狗
它老远地跑开了
我无法捡拾当时的心情
已经找不到当时的具体位置了

只有月色知道乡亲的内心

山村的夜色庞大而辽阔
星星仿佛就挂在山腰
不眠的黄狗，狗尾拖着月光
摇碎多少心事
乡亲们睡得真早
这样的夜晚，安静得可以听见
敲打键盘的声音

村委的办公室还亮着灯
门外的那只小黄狗
陪着他，没有一点倦意
驻村一年半了，他像田里的庄稼
一定要长出好收成

他知道，乡亲们的鼾声很重
说话却是轻言细语
两碗米酒后也憋不出两句话
生怕说多一句
被误解为虚情假意

这一年半的巨大变化
乡亲们知道他的辛苦和付出
万般矜持，嘴上不说出来
宁可烂在心底
只有月色，知道乡亲的内心

沉默不语

那年冬天，在家里
五十多岁的父亲耷拉着脸
沉默不语，舔着用盐煮过的鹅卵石
一口一口地喝着闷酒

多年前，我写过沉默的石头和牛
老牛舔着石头，一遍又一遍
与沉默的父亲如出一辙
石头不语，藏有世间的苦

激越的芦笙漫过山梁
父亲牵着牛来到斗牛场上
它打着响鼻，用尖角
碰触同样沉默不语的石头
流出沉默的血

妥协记

把镜子擦拭得比天空还亮
最终,我们在镜子里找到明亮的自己
执手相问,大多数时间
我们握手言欢,妥协于苟且的当前

内心蒙尘。我们找到一方净土
比如圭研,那里人迹罕至
一潭湖水如打开的镜子,照见了
我们内心隐秘的暗黑

在每一个深夜
我们关闭自己的城门
躲进时间深处,窥视镜中的自己
用手拂去前世的浮尘
自言自语,在灯光之下
在万物的死寂中
我们妥协于世间万物

世间万物在生长

握在手里的旗帜
被一寸寸焐热,我的激情
火焰一样燃烧。春天
在我帮扶的村庄
提前到来

一百年,对一个政党来说
是青春的,充满蓬勃的活力
壮丽的山河,辽阔的诗意
大地上的人们在歌唱
阳光下,世间万物生长

在祖国偏僻的一隅
历经脱胎换骨后的村庄
已是焕然一新
村民的笑脸
就是小小的太阳

无数的旗帜在漫卷

在十四亿人口的泱泱大国
来自我体内十四亿分之一的激动
却代表了全部
握在手心里的烛光
在黑夜来临之前
照亮整个村庄

守望人间最小的村庄

村庄小得不能再小了
小得在地图上根本无法标注
小得像一粒尘埃
风稍大点，就吹跑了

这个叫圭研的小村庄
从我出生那一刻起
我就把这两个方块汉字
镂刻在我身上，陪我
浪迹天涯，成了胎记成了伤疤

一个村庄的嬗变
与祖国的繁荣，是怎样扯上关系的？
如我，怎样才能把这两个汉字
用修辞手法，无限写大
怎样把一粒米大小的乡愁
置放在祖国辽阔的大地上

离开故乡那一刻起

诗在远方，梦想也在远方
外面的天空不管有多小
一定容得下我小小的村庄
它像一枚小小的心脏
连着我的祖国，律动我的心跳
成为我诗歌中最美的字眼

铺开宣纸，写下一个个地名：
比如贵州，比如黔东南，比如天柱
比如我指甲般大小的圭研
藏有人世间辽阔的沧桑
写满我在时光中的守望

怒放记

一株向日葵,在村口道坎上
生长,轰轰烈烈占据最佳的位置

磨盘大的花盘,迎太阳怒放
像这个村庄,生命蓬勃

选择随遇而安的向日葵
从容怒放,甚至有些肆意、不羁

村庄逐渐凋敝
它的怒放,有如一把匕首
无声地抵抗

我写下人间沧桑

繁花似锦。我在黔东南偏僻一隅
写诗,静若处子
春天的乡村生机勃勃
每一株花草,都是我诗中最美的文字

秋天,在祖国最偏远的乡村
抢收粮食,挥起的镰刀
带着歌一样的风声
孕育最美的诗情
深藏梦想的大地,饱经风霜
历经脱贫攻坚战役后
村庄换了新颜

五指成拳。石榴压低枝头
饱满的籽粒抱成团
一粒粒,布满祖国地图的红心
春播一粒种,秋收万担粮
一滴汗水可照见秋天
阳光普照,照亮我的思想
在祖国壮阔的大地上
我写下:人间沧桑

天空记

仰望低矮的天空
翻卷的云朵
恍若人世繁忙的身影

炊烟矮于树梢。村子越来越瘦
溪水干涸,像垂暮的老人
走到村口,对天空喃喃自语
陪老人走过一季又一季的阳春
在过往的岁月里,依然茂盛

天空燃着火烧云,久违的芦笙吹响
被放大了若干倍的村庄
被写入我的传记
绽放在异乡的天空下
蝼蚁小人,心比天空还大

在云贵高原的最高处
天空触手可及
人们把日子过得比泥土还低

把老骨头当锄头
面朝黄土背朝天，日出而作
在贫瘠的土地里掏出金子

天空之上还是天空
大地之下还是大地
只是我却把故乡的天空，越写越小
小得像母亲干瘦的身躯
弱不禁风的样子
越往深处写，我的泪水
越多

苗乡侗寨小景

雾霭升起,阳光颤抖着露水
一头牛出现在我眼前
像一帧散发墨香的水彩
正好挡住了对面山峦的一个凹处
阳光铺下来,群山逶迤
这头牛打着响鼻,划破寂静
整座山苏醒过来

它甩着尾巴,悠然自得
几只喜鹊飞来,停在它背上
挑水的媳妇哼着侗歌
这是苗乡侗寨无拘无束的景象
炊烟袅袅,而所谓的故乡
在一头牛的眼眸里
如此之近

一头牛进入我日常的记录
它是主角,故乡的小景
或许它,这一头牛

从来没有想过要离开
只是从这个村庄走到另外一个村庄
打打响鼻,而已

故乡的河流

久违了,故乡。离开二十多年后
再次回来,我已不认识圭河了
一条河流慢慢变旧,与老人变老
有着相同的况味
一条河的华丽转身
有如婴儿的啼哭,力量蓬勃

对故乡河流的叙述
我语无伦次,唠唠叨叨
正如此刻,雍容华贵的鱼
在我心里溅起了浪花
我和它保持绝对的距离
安静守候故乡的变化
在一条河流之上
写一首脱贫攻坚的赞美诗
显得有些苍白

一条河的清澈和源远流长
我肯定:还是二十年前的样子

它从我心上出发

经历人间时,再度丰盈

那些脱胎换骨的故事

使得小小的村庄

容不下一张 A4 纸的辽阔

第二辑

无限放大我的乡情

时间停留在此刻

时间停留在此刻。微风吹动夜色
一弯明月低垂西山
仿佛触手可及
身体里藏着的时钟,一同
寂静下来。放养的鸡、鸭、牛、羊
都静了下来
在月光下洗漱的姑娘,声音很轻
生怕打扰了我
她一定是我前世的情人
抽着叶子烟的嘎佬和阿婆
轻微的叹息
微弱火光,映着古铜色的脸
他们是我的爹娘

时间停留,万籁俱寂
大山中只剩下我的吟唱
及一颗怦怦跳动的心

野草蔓延

高过人头的野草
长得轰轰烈烈
一场春雨之后,即将
蔓延至低矮的木楼
我把它们写进诗歌里
装进一张 A4 纸里

大部分时间,我与这些野草对视
我需要一个春天的时间
来收拾野火烧不尽的残局

我把它们整齐地收进我的诗里
阻止它们漫无目的、杂乱无章
可是,我怎么也无法
阻止它们在深秋绵长的咳嗽
和一个冬天的疼痛

一粒金黄的稻子来到我的诗里

我用分量很重的文字
写到稻子、高粱
以及果腹的粮食和诗歌
它们在每个深夜,陪着我
经受寂寞。它们像我的孩子
在阳光下奔跑
不经意就闯进我的生活

秋风一阵阵。一粒饱满的稻子
泛着金子,脚步匆忙
来到我的血液里面
火一样热的稻子
比一首情诗还要烫
比一把镰刀还要锋利

晚点的列车驶过我的心坎

在我的记忆里,每趟列车都习惯晚点
等待上车的人,背着硕大的行李包
有着无限的焦虑
他们刚从稻田里走来
脚上还有新鲜的泥
候鸟一样,一拨一拨离开家乡
他们硕大的包里,背着皎洁的月光
习惯晚点的列车总是在傍晚时分
不急不缓地驶入我的心坎
一缕炊烟,袅袅升起
黄昏庞大、辽阔,这样的时刻
内心泛起酸涩
他们像一件多余的行李包
随意放置在车厢
他们要把疲惫带到哪一站?远方的灯火
照亮温暖的站台
世界在铁轨的碾轧中老去
列车驶过我的心坎
我莫名地颤抖。稻花香了

稻花又香了,命运如汽笛声
此起彼伏,下一站醒来
能否安详地回到
我指甲一样大小的村庄?

去远方

远方是一个不确定的词语
如空中的星星,可见却遥不可及
炊烟升起,山之外
是一个不确定的词语
翻开词典,找不到"远方"的诠释
如果不走出村庄,远方
只在巴掌那么大
我们视线所触及的地方
很难想象,天空会有一只苍鹰
飞过

脚下升腾的雾霭
如忧伤的树叶,随风飘落
它们去不了远方
它们像我的父母,在村子
潦草地打发时光,隔着时空
倾听我来自远方的呼唤

村庄一年比一年老了
干净、朴素,去远方的人
还在赶路

风,吹向谁的故乡

风,一直吹一直吹
不知疲倦,呼啸着
从昨天夜里,吹到现在
没有消停的样子
吹过田湾,吹过山梁,吹进我的心里
吹过木楼发出了声响
吹向虚胖的村庄

风,一直吹一直吹
推开窗子,又不见它的影子
已近冬天,我裹紧大衣
风,加快了寒冷
风吹走了村子里的垃圾、鸡毛
吹走了破碎的记忆

风,鼓着腮帮子吹
裹着雪花,拂过村庄矮小的树木
木楼已被大雪覆盖
压低袅袅的炊烟
风声紧凑,一声接一声
嘶哑着,不知吹向谁的故乡

无限放大我的乡情

一只蜻蜓来到我的窗前
它扇动薄薄的翅翼
仿佛有心事要对我诉说
两只眼睛大到突兀
它停在窗玻璃上,注视我
我有些心慌,那个下午
我无限放大我的乡情
我怕如翅翼一样单薄的文字
无法承载一只蜻蜓的重量

一条刚铺的水泥路
在盘山里爬着,进入森林
巨大的乡愁藏在一株不知名的小树里
淤积着,在体内燃烧
大山深处的一只小兔子
一蹦一跳,仿佛山丘也在跳跃
半山腰,两三农人
在风中左右摇摆

向日葵转动硕大的葵盘
一只小蜜蜂,悄然打开回乡之路
它们心安理得,随遇而安
习惯把故乡藏在花朵里
成群的蜜蜂是我忠实的向导

村庄虽小,旷野却辽阔
一只小蚂蚁,被太阳晒得赤黑
晃动触角,细腰上背负拇指大的蚁卵
小心翼翼在稻草丛里奔忙
修筑自己伟大的宫殿

我爱这人间的景象
并在文字里无限放大
它们的每一次呼吸
都有我的气息
故乡山沟的一根藤蔓
在我的身体里蔓延几十年
不起眼,却不可或缺

雪静静飘落在瓦房上

孤独的雪,在傍晚抵达
我守在火塘旁,倾听
雪静静飘落在瓦房上的声音
祖先隐在墙壁之上

瓦房上翻晒的旧事
被雪一点点吞噬
飘雪的速度,总是快了半拍
覆盖青瓦和屋后的祖坟

怀揣心事,风雪夜归来的人
在雪地上留下虚胖的脚印
村庄在一退再退
比飘雪的速度还快

雪静静飘落在瓦房上
我心的深处,藏着棉花
只有把村庄志匆匆装进夜色
才忘不了祖先,及来路

安静于村庄的诗人

留我半生，在这里安身立命
在贝壳一样的村庄
伐木造屋，打造自己精致的家园
做一个安静的诗人

村庄像一只打开的贝壳
敞开心扉接纳我
丰腴的稻子，撒向人间的慈物
喂养我的诗和灵魂
微风吹过竹林，如情人私语
傍晚安静，如贝壳收拢
我的心暗藏其中

阿成从养猪场回来
吹着呼哨，晚上躲进木楼
在纸上，肆意江湖
那里洛阳纸贵
诗书万卷可立身
他把丈高的楠竹称为兄弟

像它们一样,古道热肠
安静于它们的纯洁、耿直
大部分时间,低头沉思
像一只小狗练习单纯
守在小小的村庄里
相信那里一定是他伟大的国度

有时我想,像阿成一样
守在村庄一隅
生儿育女,在山坡上种满五谷杂粮
放牧满山牛羊,精力充沛
把儿女养育成人
床头朝向东方
抬头可见太阳升起
山外的喧闹,隐于屋檐之下
每天在云雾间穿行
也会成为神仙。像阿成一样
安静于村庄,日出而作日落而息
偶尔,写诗作文

故乡的河床

很久没有关注一条河了，我小心翼翼
专注、任性，像查看身体上的血管
不放过蛛丝马迹，生怕不小心
河水就远走了

每一滴水，都有它的故乡
每一个人，都在茫然尘世中
寻找生命的水源

一张发黄的旧照片，满是旧时光
我在寻找比童年更尖锐的荒芜
还是，一直颓废的心情
有多少枯死的河床，就有
多少找不到故乡的人

或许，袒露的河床是我昨天
遗忘在故乡的一块心事
人往高处走，水往低处流
像时光，总会沉入低处、沉入黑夜

沉入异乡

只是,河床依然,流水
却在某个深夜
自己慢慢把自己挥霍
时光,经不起反复无常

与一只蝴蝶隔窗凝视

玻璃窗之外,一只蝴蝶
在翩翩起舞,这只小精灵
与我对视,窥见我小小的秘密
它一定来自我的故乡,或者
比故乡更遥远更陌生的地方

这只小精灵,一定带来了好消息
带来了温暖,我与它凝视
漂亮的羽翼,比绘制的标本
还要美丽一千倍,它的翅膀张合
裸露着五彩的颜色
透露着优美的骨感
整整一个早上,蝴蝶停在窗外
是不是要扇动,一个季度的复活
蝴蝶效应,就撬动整个春天

蝴蝶,是不是我前世的情人
它在玻璃窗的另一面,娇滴滴地
凝视我,是不是世间的爱情

在一次蝶舞中
就要尘埃落定了

它带来了乡野的气息
我们凝视,相知相爱,却隔着
万千俗世,我们近在眼前
樊笼却阻断了我们的前世今生

蝴蝶,一定来自我的故乡
来自更遥远的地方,它幽怨
有着和我一样的血液
它只有在梦中,在我的生命中
无数次翩翩起舞
令我心痛

风中的木屋

时光越来越旧,岁月越来越老
木屋存在我过时的诗歌里
被三百多年的炊烟淹没
纸上还乡,多了一种悠闲的怀念

被世界粗鲁拒绝的木屋
如今,飘摇在风雨中。孤单、失落
油漆脱落、时光衰败
如缕的乡愁,不经意被打开
隐暗下去的部分
岁月已坍塌

曾经的喧闹,沉入发黄的书页
不愿意翻开。面对门前流水
我不知道怎样去抒情
木屋后山的祖坟
一样地孤单
一不经意,茅草高过了墙头

深夜,听昆虫私语

深夜,我在圭研老家的木楼里
听昆虫窃窃私语,它们压低声音
仿佛在讨论什么,尽量不吵着我
如果没猜错,它们一定在恋爱
一定在讨论着旧时光

一夜之间,我便走进中年
它们的私语,让我再也无法优雅
现在,我找不到童年那只叫得欢快的昆虫了
它,一定也即将步入中年

那个深夜,似乎整座村庄的昆虫
都加入了讨论,讨论一匹白驹
怎样地跑过时光隧道,此起彼伏
似乎要把整个夜晚
吵醒。或许这只是一厢情愿
我童年那些伙伴,已散落天涯
他们在沿海工厂的流水线上
另一种意义上的打磨生命

再也听不到昆虫的私语
在异乡的夜晚
数度失眠

古道西风

蒿草高过人头，淹没古道
驿站前的拴马桩
时光旧得不成样子
西风，一个劲地吹
落叶萧萧，瘦马憔悴

炊烟没有瘦马的毛长
夕阳染红古道
赶马人的鞭子始终扬起
生机勃勃，裹挟力量
划过空气中的脆响，惊飞一串飞鸟
天空低矮

裸露的石头，比我还沉默
消失于小村庄的芦笙
一截被岁月淘旧的拴马桩
漏风漏雨的驿站，少了商贾邮夫
门阶下踏出的履迹
布满绿苔，一如狭窄的岁月

把我的思想全部掏空
西风古道，一如沧桑的瘦马
毛长，比炊烟还长

再大的风也刮不跑我的影子

所有的石头，倔强地立在那里
所有的花草，倔强地生长在野地里
它们显得很坚定，不像我
离开，就带走故乡的全部记忆

在一场风雨之后，那些花草
被冲刷，移动了位置
但它们不心甘，像我父亲一样倔强
还努力地想回到原来的地方
很多时候的努力，是徒劳

很多时候，唯有影子
还在阳光下摇曳
它们藏在石头的背后
也许在某个暴雨的时刻
它们会被肢解，甚至瞬间消失

我在某个深夜
听懂了风的私语

我把石头和野草的影子
连我的影子,一同收藏在我的诗句里
奔忙一辈子的乡亲
到头来,也像影子一样
稍不经意被大风吹散
命运无数次被捉弄
只是有一点,像一朵浮萍
找到了根的位置
就找到了诗句存活下去的地方
再大的风也刮不跑我的影子

风,吹动母亲的白发

夕阳下,那一缕白发
让我陡然间多了几分悲伤
一条黄狗耷拉着脑袋
懒洋洋走过村庄
母亲端坐在木楼前,有风吹来
掀动母亲的满头白发
像吹动荒坡的茅草
凌乱不堪

大雪压顶。小小的圭河已封冻
屋檐下低矮的茅草
随风倒伏,再也直不起腰板
有人唱起了古老的侗歌
母亲的表情有着无限的忧伤

母亲侧着身子,让夕阳
更大面积的温暖倾泻在她身上
她一直坐到深夜
一生,仿佛就是转瞬之间

在冬天最后一个夜晚写诗

伏在案前,为冬天最后的一个晚上
写一首温暖的诗歌
窗外,雪花大片大片飘落

诗的第一行,我写到了故乡
写到了人间最小的村庄
换了新颜,改了旧时的模样
那个目不识丁的老妇人
在门前撒种高粱、玉米和稻谷
静守秋收的号子

我写到一只鹰。写到它的翱翔
盘旋而上,向着更远的方向
梦想有时比天还高,远方
在它羽翼之上

写到我的父兄,我还写到
脱贫攻坚的故事,去年
他们在村子里铺筑一条通村公路

连接城市、乡村,及振兴
在我的笔下,村庄已蓬蓬勃勃
欣欣向荣的景象
恍若一条河流奔向远方

我写到春天,河水漫岸
一个赤足的少年疾步快走
他就是窗台上的阳雀,把喜讯
传到了故乡

诗的最后一行,我写到了婴儿
在襁褓中笑着醒来,如水的眼眸
藏着无数闪亮的诗句
像一粒种子,就要破土
带着新生的、勃发的力量。窗外
雪已停。春天缓缓来到了我的笔尖

稻花：一个乡村的隐喻

盛夏，蛙鸣阵阵
稻花深处，暗藏一个村庄的繁荣
水美鱼肥，秋天来到了眼前
一个农人，佩戴蓑衣、斗笠
摇晃着走来，如果他的咳嗽声再大一点
会惊飞一只白鹭

稻花香袭来，夏季打乱秩序
还没准备好秋收的农具，花儿就谢了
一波一波的稻花香，弥漫人间
那时天空瓦蓝、庞大、寂寥
没有一丝云彩，牛羊安静睡去
像一朵稻花打开的村庄
展现无数细节
它的盛开，不知是不是
向我袒露一个乡村的隐喻

一头老水牛，眼神黯淡
曾经骑在牛背上的少年

正疾步走进中年
那条伴随它的牵绳呢?
是不是已经丢了?
我在稻花飞扬的旷野
黯然神伤

在重重叠叠的稻花香里
村庄,如何把我又一次带回去?

在一穗稻谷里我们聊到幸福

在一穗稻谷里我们聊到幸福
聊到春天播种的辛苦
聊到夏天的汗水、蝉鸣
还有我们身体大面积的快乐
在秋风中摇曳,一同到来的欢喜
让整个秋天显得空旷、高远
一阵一阵的稻香,弥漫了整座村庄
吃新节拉开帷幕
鼓楼下,吹起了丰收的芦笙曲
在秋天多余的时光里
秋风,快速掠过镰刀的锋芒
我们身体丰腴,此时
炊烟袅袅,倦鸟已归巢
在一穗稻谷里
找到了故乡深处的秋天
找到藏在秋天里幸福的字眼

春天距离很近

天亮了，阳光爬上窗台
雾霭次第散去
有咳嗽声，传来
干咳的声音持续整个晚上
老人在木楼前劈柴、生火
为我升起一缕炊烟
打开春天的讯息

盛开的桃花，露珠欲滴
牛羊醒来，上学的儿童把山路踏响
我内心温暖
春天的第一件事
就是把最温情的春色
穿过《诗经》的阳光
——收藏。人世间的爱
已经逐一向春天打开

落日金黄

一头黄牛,低头啃吃苈苈菜的老黄牛
突然间抬起头,眼泪汪汪望着我
噙满的泪水,像两颗珍珠
我从它干净的眼睛里
我看到一条小溪缓缓流过
盈满的是泪水还是溪水?也许不重要
我只看见,这些水
略带浑浊地淌进了层层叠叠的梯田
并泛起了梦一样的金黄

这个叫加鸠的小村庄,此刻
以层层叠叠的金黄,绵延到天边
秋天浩浩荡荡,满载收获
给我暖胃般的安抚
秋天里的每一颗谷粒
都是一滴滴晶透的汗水
都是一句句熟透的诗歌

更多的游客,打扰小村庄的宁静

相机快门的声响,如豆荚
在秋阳下,悄然炸响
跟在黄牛身后的嘎佬
挥舞着鞭子,他想在天黑之前
把落日金黄赶进我的相机
像赶着黄牛一样
——赶回家

旷野安静

在长满野花的旷野,我长时间
仰望天空,心里虔诚
天空深蓝如洗过的绸布
一只苍鹰发出尖叫

旷野安静,一只昆虫打乱我的思绪
我想我应该和它打声招呼
薄凉的土地,长出瘦小的野花
这些花朵,被大风吹散
将在故乡走失
加剧黄昏的来临

天近黄昏,旷野里的灵物
比如那只昆虫,苍鹰
它们朴素的灵魂
和我一起进入这个傍晚
以最慢的速度
潜入乡村

仰望天空,天空空空如也
我呼吸着旷野的清香
倾听落花的声音
打发下午的慢时光
也许,漫不经心的黄昏
绝不会辜负,短暂的一生

寂静的夜

青蛙一再压低声音,生怕吵醒
匆忙的驻村干部
寂寞的深夜
它们仿佛有着无数语言
要表达、诉说

村庄的夜,特别漫长
它们的欢叫绵长,稻田里
一些昆虫也加入了奏鸣
这个世界,有歌唱不完的欢乐事

只有静,才能打发寂寞的时光
只有静,才可以打开心灵那扇窗

蛙鸣,深夜里动人的声音
此起彼伏,可以把整个村庄掀翻
你从木楼出来,夜色更辽阔
射出去的手电
无法把光一一收回

即使关掉电源
依然可以照见前方
如深夜的蛙声
像热闹的早市,却有
让你安静下来的偏僻一隅

一只蜜蜂藏在花蕊里

一只蜜蜂,藏在花蕊里
它婴儿般的呼吸
颤抖着欲滴的露珠
躲在蕊里的糖,一点点
沁入我的心脾

它忘记身处何方?它一点不惊慌
比时光还慢的蕊,含苞待放
它对着露珠轻声呼唤
对着一段俗世的人情世故轻声呼唤

仿佛回家,它轻轻关上柴门
藏在花蕊里,拒绝喧闹
每呼唤一次,花苞就紧一点
我生怕,它会被蜜
幸福得甜死

在小小的村庄里写诗

这是黔东南最小的一个村
比我的汉字还要小
比我简历最小的那个村还要小
缩小比例的村庄,我仿佛潜伏了
一个世纪。在村庄里写诗
贮满希望和粮食

扶贫队员进驻村庄
与老乡一起耕田种地
种下一粒粒发芽的诗歌
选择留下来,无所谓水土不服
每寸土地留下的脚印
便一一押韵了

从春天走来的老黄牛
精神抖擞,像敲响的战鼓
仿佛千军万马,在奔腾
这个小小的村庄
出现前所未有的颤抖

勾勒一帧最美的油画
在画里写诗，醉饮，歌唱
请允许我，把早晨的太阳写进诗里
请允许我，把傍晚的彩云也写进诗里

如果还可以，请允许我
把一碗酒就可以欢乐一天的小村庄
完整无缺写进诗里

山野里，无数兰花在怒放

无数兰花在怒放

那一天，我和几位扶贫干部
穿过密林，到另一个扶贫点
途中遇见轰轰烈烈的兰花
我们为一株株怒放的兰
惊叹不已，蹲下来
与它们凝视，兰的香
弥漫半个山坡，正如它们
在恶劣的环境里，依然长势磅礴
生生不息

谁说兰生幽谷无人识？
数朵兰花摇曳在唐诗里
"若无清风吹，香气为谁发。"
李白，总让人想起这些淡淡的忧伤
无数兰花在怒放，像坦荡的君子
成了我诗中最美的一句

辽阔的玉米地

辽阔的玉米地,点缀最美的音符
一粒粒玉米,脱去胞衣
村庄的华丽转身
点亮秋天最美丽的云彩

被翻开的泥土,是不是
代表土地已经醒来
那个中年妇女挥动锄头的剪影
是不是那个早晨,已经醒来
并不健硕的身子,她劳作的姿势
是不是给了寂寞村庄无限生机

辽阔的玉米地,一茬茬茂盛的玉米
它们是顶天立地的汉子
它们在秋天袒露全部的性感
它们弯下沉甸甸的腰身
以匍匐的姿势
献给秋天尊贵一跪

大地静谧

夕阳下的小村庄
从犬吠声里冒出几缕炊烟
村人还在收割,把谷桶拍得山响
饱满的谷粒把腰身压低
以四十五度的锐角
亲近土地

大地静谧,风已静止
他们要赶在下雨前
把秋天赶进粮仓
田坎上是起伏的吊脚楼
守着辽阔的寂寞
吊脚楼前长满了蒿草
每次抬头,都会有短暂的悲凉
难免心事重重

村子来了驻村干部
他们带来欢笑
几只小鸟飞来飞去

制造小小的欢乐,它们的存在
使得这个秋天
增添了几许暖色

那个傍晚

那个傍晚,放学归来的小男孩
端坐在溪畔的石头上
小心翼翼地洗着一只硕大的药缸
瓷的药缸弥漫中药味,他皱皱眉头
他像用一块橡皮擦
擦掉作业本上的错别字那样
一丝不苟,低着头
仿佛要把这条小溪也擦洗干净

从小男孩手指间遗漏的水珠
泛着金子一样的光芒
我知道这些流水,也慢了下来
要等着他,把那个傍晚
也擦洗干净

小男孩父亲的咳嗽声
在这个傍晚持续
中药的味道已经高过炊烟
在小男孩细小的内心里,一定苦涩过

他揉碎了自己的影子

斜阳下，像一尊小小的雕塑

让溪水有着透明的感动

悬崖上的一株旱稻

谁把一株旱稻种植在悬崖上？
我列出了几个答案
风吹上去，还是鸟无意地丢失
我至今把握不准
但它毫无怨言选择了生长
长得很慢，像小村庄营养不良的小孩
扶在教室的窗子，眼泪汪汪
我不忍心拍下照片

但我相信，阳光距离它最近
它长出的谷粒
肯定比石头还坚硬

我举起的相机，慢慢放下
老远望去，它在微风中摇曳
在阳光下泛着光芒
转身的瞬间
我们有了短暂的相视
它的笑，在我心底永远定格

朝天椒

在向阳的坡地上，一束束朝天椒
决绝地指向天空
它们不安分的内心，涌动着
火一样辣的激情
像一条挥舞出去的鞭子
发出脆响，义无反顾

秋天，稍不经意落下的辣椒
迅速把自己体重变轻
便于更好杀入胃里
刀一样尖锐，它们是侠客
人们说，只有泼辣的女人
在向阳的坡地，火一样的骄阳下
才种出如此辣的辣椒

一束束朝天椒从故乡走来
在我体内生长，蔓延
在无数个夜里，提刀走天涯
削去我灵魂多出来的垢

和心底的疼痛

这些娇小的植物,选择向阳的坡地
远离喧闹,把全部的伤和苦
藏在自己的体内

不远处,采椒的少女
唱出火辣辣的侗族山歌
一声声,已越过山梁

故乡的灵物

当大部分物事
渐次退出了故乡
满坡的白芨依然在蓬勃生长
村子里只剩下老人和小孩
他们与拂过旷野的风
少有的犬吠和鸡鸭
构成村景的绝大部分

白芨苍苍郁郁,漫无目的生长
它的根系扎入村庄心脏
像我年迈的父老,去不了他乡
他只能老在故土
白芨,一株株故乡的灵物
给村庄带来春天

性苦、涩、微寒
渗入我体内,我替白芨延续生命
它像故乡的隐士
捧着了不起眼的泥土
止住了我心尖滴着的血

一支火柴的微光

童年,为了一支潮湿的火柴
我耗尽所有心思
阳光下晒干,腋下焐热……
一根无法擦燃的火柴
像一把钝刀,嵌入我的骨肉
杀过我童年的心坎

人近中年,来自一支火柴的痛
早已经抚平,但摸索的过程
将会持续一生
卖火柴小女孩的故事
早嵌入心里,被我无数次重复

此刻,一支火柴在黑夜擦亮
带着它的微弱
从雪地里反射出来
却一点一点温暖着我
温暖着我那人间最小的村庄

为了聚住这些光
我找遍了人间的柴火

不改姓氏的河流

听大哥说,村子改名了
圭研和埔头寨合并成祥和村
有一条河,一直没改。就叫圭河
改不了一直以来的姿势、流向
像我,改变不了它的称谓、命运和未来
那条小河,穿我身体而过

偏远的村庄到底祥和了没有,我不知道
我只清楚,在我生命里
荡漾着一条叫圭河的流水
在我血液里缓缓流淌
一个村寨改名换姓,相当于
篡改一部历史。我在担心
多年之后,村庄的所有故事
都被杀死在时间深处

一茬茬长起来的茅草,在岸边
和我的鬓发一起,疯长
村子里长起来的孩子

他们失去了童年
我的父老乡亲,没离开圭河半步
他们放低姿势,把忧伤的声音
变成一阵阵欢笑

田土荒芜,老人故去
他们像圭河一样,不愿离开
把守最后的矜持,最终
在后山留一堆土丘
留给后人祭祀

河水干涸,鱼儿找不到家
越来越瘦的乡愁
在我骨头深处,疼痛

一条河流,不愿意改变姓氏的河流
多像一朵朵浮萍
我在无数个失眠的夜里
找到了倾诉的知音

故乡，已被晚风吹乱

仿佛还在昨夜的灯下，喝茶写诗
转眼就穿越了几个省数百个村庄，醒来
只剩下"速度"两个汉字，陪我叹息
儿时骑着白马，穿过小树林
满身被霞光包围，现在
已是黄昏时光。窗外
动车与地表摩擦的声音
细微得让我无法感觉

黄昏的呼唤，一声比一声慢
动车正好穿过一条隧道
光线消失，瞬间的黑抵在我的胸口
苍穹之下，一枚银色的子弹在飞
动车，像一枚子弹的核心
我在祖国大地上穿梭
灵魂似乎要远离凡夫肉身

昨夜醒来的梦，正被夜色
一遍遍地漂洗。一枚银色的子弹

打中小村庄的心脏
此刻,在离家越来越远的地方
诗歌以加速度的方式
穿我身体而过
惊回首:故乡,已被晚风吹乱

无名的花朵在肆意开放

春天,辽阔的田野间
肆意着太多的花朵

它们多数,叫不出名字的
却突然闯进我的心里
仿佛我生命里那些匆忙的过客
不能把它们统统称之为花朵
肯定也有草,同样无名

卑微,这些花草同样让我
洋溢着生的希望,春天
赋予它们最美的名字
它们都应该有自己的宿命

田野间的主人
首先进入我的镜头
从田坎上走过来一支迎亲的队伍
唢呐声声,鞭炮声声,我心里
也盛开了无数花朵

天空的云多得让我无名发抖
肆意汪洋的云
潮水般涌动
世间上，还有如此多的无名
让我激动

炊烟藏有无限秘密

炊烟袅袅升起,夕阳西下
黄昏带走一天的倦怠
老人坐在吊脚楼前,抽叶子烟
烟斗闪亮的火花,像苍穹下
寂寥的星星
一切显得那么地遥远

黄昏时刻,我走进村口
老太婆吆喝着归栏的鸡鸭
它们秩序井然,像听话的孩子
堂屋的鼎罐冒着热气
饭菜香弥漫村庄

有一种孤独,比黄昏还持久
像村口古老的枫树
庞大的根系扎向泥土深处
被雷击衰朽的一截树桩
一根藤蔓植物却茂盛生长

繁星点点。吊脚楼前看月亮的孩子
岁月的皱纹爬上额头
随手涂画在柴门上的几道数学算式
早已模糊不清

只有炊烟,还替我在尘世间活着
藏有无限的秘密
在寂寞的黄昏,娓娓向我
——道来

失 眠

夜已深了,村委木楼外
无数昆虫还在轻轻唱着歌
低矮的夜空有一颗星星还没睡去
仿佛就在窗前,眨巴着眼睛

失眠的夜晚特别漫长
他试着数了十多遍的羊群
还是不能入睡
昨天刚赶进山的扶贫羊
他一一默念它们的名字
它们是否也一样
对着夜空,守着那颗失眠的星星

把内心的孤独
交付给安静的夜晚
浑身酸痛的身体
恍若无数只山羊在碰撞
他要把内心的秘密
向它们一一袒露

领头羊"咩咩"叫了两声
夜空下,山羊的眼睛
显得格外的干净、纯洁
像那颗星星,拨动他脆弱的情感
驻村一年多了
他考虑最多的心事
就是村子里的孤寡老人
此刻是不是已经睡去

长满铜锈的铜锣

时间太久。这具破旧的铜锣
置于床下,布满了灰尘
夜深人静,有人手提马灯
从村西走到村东,铜锣声
一声快过一声
打更者瘦长的影子
折断在破旧的墙壁上

打更者早已作古,更多的细节
来自我的想象,正如此刻
黑暗中传来了铜锣声
仿佛村外燃起熊熊烟火
马蹄声声,急促来到我的梦里

我在渐冷的月光里惊醒
从狭逼的房间走出来
从墙根刮来的风,吹乱我的头发
我的梦境太浅,这些响动
尽管细微,在夜里依然突兀

我一直认为,打更者会带走这些声响
这一具长满铜锈的铜锣,泛着青色
在烟火暗淡时,却发出了声响
夹杂着从月亮滴下的露水
被风吹过墙根带着呼哨的烟火
以及一只夜莺的鸣叫
都在这个极度虚胖的夜里
进入我虚无的世界

一株向日葵转动我所有的梦想

残垣断壁处,无数野草蔓延
一株向日葵,长在废弃的墙脚
不知是哪一天,哪一只飞鸟衔来的种子
丢弃在这里,一同到来的
还有无数无名的小草
这一株向日葵,竟然长得蓬勃
金黄的脸盘
疯狂转动我的梦想

它的叶脉凸露,有充足的阳光
手腕一样粗的葵秆
支撑脸盆一样大小的葵盘
饱满的葵子,恍若我生命中
激情澎湃的故事
无数只蜂蜜,在追逐
甜蜜的瞬间

秋天适宜斩下丰收的头颅
长满锈迹的镰刀,以怎样的姿势

斩下沉甸甸的葵盘
把荒凉继续留给荒凉
把辽阔的落日留给黄昏
把梦想留给长满希望的旷野

残垣断壁处,牧笛声响起
踏着夕阳归来的牧童
踩碎黄昏的寂静
这一株向日葵,向秋天
弯腰、鞠躬、致敬

秋天的细节

当你手搭凉棚,望向远方
远处的梯田一层挨一层
直连云天,满天金黄
一只蚱蜢飞过
都能给你带来无限的想象

那是怎样的壮观
在天地间,唯有千万次地掘进
开垦,浇灌,耕种
丝毫不差选了这个地方
撒下诗歌的种子

那里,农人在忙碌
他们奔忙在秋天的路上
他们一定吵醒了
我的诗歌,秋天的安静

我打开单反相机,取景框里
一头牛朝我走来

它的背后是金黄的稻子
温馨而饱满的画面
不经意进入我的照片
照亮了无数乡村陌生的梦境

在秋天深处

有很多的故事,在秋天深处
隐藏着太多的暗喻
比如一株稻谷,弯下了腰身
这个时节,一同弯下腰身的还有很多

一株高粱被收割
比如父亲,弯下的腰再也直不起来
我们在秋天深处,讨论
身体最硬朗的部分
此刻却变得柔软

秋雨绵绵,气温骤降
总会让人怀念刚刚过去的夏天
一只蝉,能否走过秋天
抵达明年歌唱的枝头

风吹醒沉甸甸的仲秋
一枚种子投胎转世
在来年的秋天
找到前世宿命的影子

第三辑

故乡，瘦成一粒米

总有些事物让我敬畏

在圭研,总有些事物让我敬畏
比如一头健硕的耕牛
若有所思,抬头望着天空
发出沉重的响鼻
突然前脚弯曲跪下
像斩断的一截木桩,重重地
压下去,再熟悉不过的场景了
它多么希望我跨上去
这个姿势,让我措手不及
童年的牧笛,被我丢失
声音喑哑

旷野安静得只剩下蝉鸣
它起身,回望着我
慢慢走了,在我的视线里消失
抬头那一秒钟
它看到了虚空,还是什么?
我不得而知。这一瞬间

让我无限感慨
这不起眼的场景
它一定驮走了我的童年

村庄志

不知道要揉碎多少光阴
才能找到前世的自己

依山而建的木楼
在云雾间忽隐忽现
我把躯体囚禁在此
突兀的石头里面
仿佛藏了一辈子的心事

在山中打磨时光
在石头上镂刻汉字
还给村庄最后一座石碑
记录村庄的荣辱史
一颗颗粗粝的方块字
散落在夕阳下
熠熠生辉,成了我
另一种意义上的食粮

老人比影子还瘦

圭研,生养我的村庄
很少出现在我的书面表达
它像垂暮的老人,比影子还瘦
风大一点,就能吹跑
年轻人早忘了它的名字
记得最多的,是村子领着低保的老人
以及那个同样消瘦的驻村干部

在简历上写下:圭研
这种情况少之又少
我患了乡愁病的诗歌
偶尔出现"圭研"字眼
也是少之又少
圭研,这两个方块汉字
像两枚伤心的土豆
更多留在老一辈人的记忆里
村庄的事无巨细
我也无从谈起
像过多土地荒芜

野草遮掩村道

和村庄一同荒芜的，还有
生锈的犁耙，老去的人
难懂的方言，旧了的事
我已经无法辨认稻子和稗子的区别
无人关心村庄的生老病死
被雨水打湿的农谚
唤不醒一个秋天

偌大的村庄，一寸一寸地消瘦
故乡的老人，比影子还瘦
风大一点，就能吹跑

故乡，瘦成一粒米

这些年，故乡越来越瘦
瘦成一粒米，藏在我血管里
剥离的谷壳，刺一样
刺痛我不饱满的内心
一粒米，藏有人世间所有的卑微

小溪干涸，我越来越瘦的身子
无法承受，野草疯长的速度
和负重。我为一粒瘦小的米粒
流泪，我多么希望
我流下的泪水
可以让小溪有所潮湿
再度充盈起来

夜晚的篝火

今夜的篝火,无眠
围在篝火旁的人,无眠
燃烧的火苗,已舔进你心里
冬天的夜,变得温暖

悠扬的侗歌在回荡
你与村民们频频碰杯
所有的语言,在一曲曲侗歌里
火苗舔着温暖的夜

那夜,你睡得很迟
篝火还没熄灭
你眼眶里始终盈满泪水
或许醉了,或许感动了

苍 耳

无数苍耳粘住我的裤脚
恋恋不舍的样子
那一株不起眼的植物,别名:葹
这是一个风韵十足的名字
一定配得上红袖添香
像来自民间的女子,不矜不盈
一瞬间,在我沧桑的一面
却有了细微的心动
一株株苍耳,在《诗经》里匍匐前进
来到我辽阔的纸上
以极强的依附力,占据我的内心
在那个阳光的午后,它躲在
故乡偏僻的一隅,躲在
被阳光遮挡的宽阔叶子后面
羞羞答答

一曲侗歌响起

你的心那么小
忧伤却那么多

一曲悠扬的侗歌
像门前的溪水
缓缓从心坎上流淌而过
——天籁之音
来自侗寨干净的村庄

筚路蓝缕。侗族用浪漫的歌声
洗去一路艰难、贫穷
洗去侗寨最原始的阵痛

再苦涩的生活
也要唱出优美的歌声
再偏远的地方
也要成为心中的故乡

这块土地没有虚度年华

如果说还贫瘠如初
这块土地有很多足够理由驳斥
在辽阔的农村
水稻、高粱、玉米长势良好
已经高过太阳
庄稼的每一次拔节
都带着金属质感的声音
它们，没有虚度年华

一只老鹰飞过村庄上空
这些年的封山育林
群山再度苍翠
一只野兔悄悄来到我的窗前
它在我困惑的瞬间
发出轻微的鼻息

春天撒下一粒种
秋收必有万担粮
旷野里没有宋词里的寂寥

和萧条，秋收后的田野
成群的鸡鸭，土地在沉默中醒来
九月还有一季小阳春，这块土地
没有虚度年华

片刻之间，我仿佛成了
一个地地道道的农民
在这里耕田种地
和父老乡亲一起，把梦想
交付给一株石榴树
开出人间最鲜艳的花朵
然后是拳头一样饱满的石榴

一只蛙的哲学

整个夏天,我都在村子的井旁
观察一只青蛙
它的呱、呱、呱,极富磁性
像我的一个个汉字
敲响在键盘,乐此不疲

无数次,我意想着与它一道
走向田野,那里会有更广阔的天地
叫声会更加旷远
一只蛙的理想,不仅仅
在井底,为自己的叫声沉醉
我写下的每一个汉字,像蛙鸣
在无数个夜里,感动自己
也希望感动别人

然而,我的失败代表绝大部分
无法左右一只蛙
我在俗世间迷失、沉湎、麻醉
一只蛙,要豁达得多

它在隐忍？短暂的停顿之后
更持续的鼓点，敲响
仿佛要把夜色敲破
这是人世间最完美的演奏
观众，除了它自己
还有我

整个夏天，我在等待一只蛙
从井底跃出

打银声

鼓楼上,一轮月亮升起
像刚刚抛光的银器

夜也镀上银色,那一夜
女人的骨仿佛也镀上了银

叮叮当当……比女人还柔软的银
在风情园某个银饰店,被瘦弱的男人
小心翼翼敲打,他把银锭
打成月亮想要的样子
出嫁的银妆,一只手镯
就能锁住女人的心

打银声,不紧不慢
让我想起久违的新娘

蝉之歌

歌声，换来夏天的清凉
蝉用短暂的蝉音
演绎生命的石破天惊
生命的圆满
缘于瓜熟蒂落

大自然，永远的心灵之家
蝉用一个姿势
守候了整个夏天
一曲《蝉之歌》，复制了天籁之音
自然的流水、风声、鸟鸣
尘世间的美
在那一瞬间激情张扬

在侗寨黄岗，我目睹《蝉之歌》庞大的阵容
那些眼睛如泉水清纯的少女
尽情演唱，蝉之歌
大自然的声音流淌而来
在这个耳朵逐渐聋去的年代

忘我地歌唱
她们中的某一位
一定是我前世的爱人

芦笙吹响

村子里的芦笙
不知吹了几个世纪
它和每天升起的太阳一样
古老而弥新

每一个音符
激越、迟钝、哀怨、叹息
把我心底的脆弱
一声声,吹奏出来

突然有一天,我回到故乡
在生养我的村庄
倾听芦笙吹奏,听着听着
我凄然泪下

给我出走最大的勇气
也以最大的勇气接纳我
故乡,我的胞衣之地
也留有葬我半生的荒山

芦笙吹奏,鞭炮响起
庆生和丧礼,都报以悠扬

笙音奏响,在每一个
日出而作日落而息的故乡
古老而弥新

炊 烟

炊烟总是最先抵达
我远远就听到了鸡鸣犬吠
芒筒和芦笙已经奏响
一幅欢乐的画面
该是天底下最祥和的景象

我无数次把炊烟写入诗里
它占据了辽阔的版面
炊烟里住着朴素的故乡

以闯入者的身份，在一个黄昏
我进入侗寨腹地的某户人家
主人杀鸡宰鹅，呼朋唤友
大碗喝酒，待我为上宾
我背靠厚实的三省坡
看着袅袅炊烟，思绪万千
江山是主，人是客
要用多大的心胸才能装下
这简单的人间烟火

三门塘

摸着古老的瓷砖、瓦片
我是那个千年前的匆匆过客
三个门户,像火塘里三支铁架
支撑一个侗寨的历史
三门塘上演着家族迁徙史

山水相隔,旧去的流水
马头墙上摇曳一根稻草,隐藏的故事
仿若一部久远的史书
行走三门塘,我选择在一个午后
在这里落脚。看书、写诗
一个人守住自己小小的人间天堂

旧得发黄的庭院,时间埋藏在
拾级而上的石阶,藏满青苔
埋藏在墙头裂开的砖缝里
埋藏在一位老人
漫卷的皱纹、泛白的老茧里
云卷云舒,历史从一页翻开的书本

涉水而过，谨小慎微
生怕，稍不经意就惊醒了三门塘

在青砖和黑瓦之间
木材商人留下的旱烟袋
嵌入清水江的商贾文化，源远流长
时间就是一张用旧的相片
我无法复原上百年的兴盛荣华

一刻没有停留的河水
在沉默中互相取暖
我不知道，先人溯清水江而来
经营浩荡的皇木
是不是修建了皇宫，并且
明清某位帝王坐上龙椅，在龙椅上
鼾声起伏

她把世间万物都绣了进去

有多少年了？倔强的老绣娘
在上百年老宅的堂屋
一直不停息地绣。在铺开的布匹上
一直不停地染，像一帧黑白照片
世间万物都在这帧照片里

埋着头，满头银发上挂着霜
她有一张饱经风霜的脸
一双深邃沧桑的眼睛
她的蜡笔，一定装满了
一生的故事

针线盒古朴、老旧，同样上了年纪
她的手粗大、粗糙，而且皲裂
这与女性的柔软极不协调

从屋檐倾泻而来的月光
仿佛有说不完的故事
她把月亮绣进心里

夜深了,老绣娘没有停下来
她一直在绣,小心翼翼地绣——

一生中,她绣过无数的饰品
斗牛的图腾,低飞的蝴蝶
长满红叶的枫树……
每一件,都保持着她的体温和味道
她把心跳和战栗的疼
绣进了爱里
她把风霜、雨雾、鸡鸣、犬吠和烟火
绣进去,绣出了人间的信物

在秋风中斩下谷穗

很多事物适宜在秋天斩下谷穗
比如红得羞涩的高粱
比如低头谦卑的稻子
它们在村口、田野迎风摇曳
等待秋收的号子和歌唱

在秋风中斩下谷穗
斩的不仅仅是熟透的庄稼
还有潜伏体内的暗疾
秋风肆无忌惮翻开我的书页,但它
从来没有阅读过一个字

秋天,让我想起丰硕的女人
她们在秋风里悄然成熟
半生矜持,历经沧桑岁月
在万物收获的秋天里
谦逊、低调

在秋天发生的一切

被我写入诗里
一撇一捺,像一把把刀子
斩向俗不可耐的尘世

一只不愿意离开村庄的狗

又是冬天了,这只狗
微闭着眼睛,匍匐在火炕前
一声不吭

这些年,小偷都懒得光顾村子了
狗显得有些多余
这只狗内心肯定有无限纠结
可它不曾离开村子半步
恪尽职守

宁愿守着空空的村子
也不愿意跟随年轻人走出村口
去城市打拼
它怕一旦离开村子
就再也找不到
回家的路

一只鹰在飞翔

一只鹰,在我的视线里
箭一样射向高空,它调整飞翔姿势
带着声响,翅膀划开风中的盐粒
影子在迅速移动

翅膀之下,是辽阔的故乡
一只鹰看穿石头的隐秘
尘世低于故乡,低于翅膀之下
鹰在群山之上盘旋
灵魂在抬升

在雷公山上,我目睹一只鹰
俯冲而下,重重地撞在石头上
它的决绝来自一块骨头
破碎,疼痛

这一瞬间的爆发力
鹰实现与石头的短暂交流

它的疼就是石头的疼
断翅后亘古的沉默
来源于一只鹰冗长的鸣叫

在欧洲异域倾听故乡的蝉鸣

"朗朗嘞"、"朗朗嘞",一只蝉,飞越时空
在莱比锡,这座欧洲古典的音乐城
响彻,有着乡村田园的韵味
蝉音还带有故乡潮湿的露水
六名贵州黎平的侗人,如六只蝉
飞越国度,演绎故乡
万里之外的天籁之音
泥土一样地朴实,他们来自祖国
是我故乡真诚的歌手。在欧洲,在莱比锡
演唱悠远的乡愁

在欧洲异域,倾听故乡的蝉鸣
现代文明与乡村文明在历史的某一瞬间
快速交融。那一刻
这座城市经历战乱、政治颠覆和疆域变迁
隐隐约约的痛,仿佛在抑扬的乐声中
淡出云烟

因为音乐,在莱比锡

他们是巴赫、瓦格纳、舒曼
漫步乡野,悠扬的蝉鸣
一定缓缓流淌在
每一个德国人的身体、心上

在苍茫的灯光下疾走

夜色苍茫,灯光昏黄
——这一缕光,带着温暖
此刻,不仅仅是照亮

每一盏灯光,怀抱薪火
从这个路口到另一个路口
它们像地图上的标注
次第亮着,尽管带着朦胧的昏黄
多年来,在苍茫的灯光下疾走
从一个路口到另一个路口
低着头,关于名利、关于荣辱
我三缄其口

巷道深处,破旧旅馆的招牌
愈加昏黄和可疑
小酒肆的猜拳行令
酩酊之后的清醒,打乱夜的秩序

试图走到灯光消失的尽头

一路疾走,有人从窗户探出脑袋
有人高声欢呼,有人闪进浴室
灯火荣辱不惊,总在夜色来临时
捡拾寂寞的脚印

我蹲下来,也曾踌躇不前
灯光下摆残棋的老者
沉默得像块石头
我似乎只要挪动一枚棋子
就可以大获全胜

在侗乡瑶白看大戏

看吧！戏说所有生旦净丑人间百态
七彩战袍里隐藏一段历史
在刀枪之上，远去的喊杀声
活在还未展开的幕布里。历史的距离
只是，隔窗之纸

《天水关》外，姜维犹在
袭取安定、南安，以计而谋
君子爱才，智取硝烟战场
当刀枪声远逝，龙椅坍塌，一代君王
怎么守住自己的江山和美人？

侗乡瑶白梨园太和班众弟子
是我血液里的兄弟
精通十八般武艺，刀影之下
在锦屏瑶白方圆十里，穿上戏服
他们是英雄豪杰，只一声呐喊
便可杀敌三千。一段《百岁挂帅》
锣鼓声声，抑扬的腔调

娓娓道来。脸谱里的表情，庄严、肃穆
他们在没有硝烟的战场突围
他们在捡拾时光留下的无数碎片
以及历史的一声声叹息

稻子熟了

路过黔东南的村庄
遍地牛羊，遍地炊烟
圭研的秋，就挂在鹰的翅膀上

无遮无拦的秋，铺开的橙黄
漫过圭研人的指尖
梦想，悬挂在窗前的明月
大片大片的柳絮，如我思想的蔓延
尽管历经了大旱
但收割的镰刀，和他们的弯腰
用一种沉默的方式
在这个小小的侗寨寂寞地打磨时光

一朵朵盛开的农谚
醉倒在圭研的庄稼地里
立秋、处暑、白露、秋分、寒露、霜降
二十四个节气占了六个
秋天弯起了腰板
收割了一季的收成

稻子熟了,金色的海洋
一浪高过一浪,淹没了汗水
淹没了蝴蝶被秋天打湿的翅膀
淹没了犁耙,淹没了镰刀
淹没了一季的辛苦

每一个汉字都是真诚的

每一粒玉米、稻子
在乡下,像无数朴素的词句
走进了我的诗里

每一粒汉字都是真诚的
微风拂过傍晚,我端坐村口
看牛羊归来,简单地活着
学习一头牛的从容不迫

在生活最低处
我在侗乡偏僻一隅写诗
看流水的坚韧
让每一个真诚的汉字
温暖你柔软的内心

一枚土豆内心倔强

屋后的山坡覆盖了一层雪
松软的雪覆盖一枚土豆
土豆与我保持体温相当的距离
雪地干净,凸显出内心的洁身自好
这一枚土豆,试图
走进我的内心

零下的温度,冻坏了突兀的植物
一脉热血,在我血管里
以加速度的方式沸腾
这一枚土豆发出了声音
它奔向我

如果给上一盆炭火
一定会给土豆注入神秘的力量
驱赶冬天的寒
苍茫四野,唯有温暖抵达
才能抵达到内心。埋在雪地里
这枚土豆,即将伸出嫩芽

给春天无限惊喜

斜坡汇聚着泥沙
把冬天埋于泥沙之下
这枚土豆端坐其间
高过我的目光

太阳出来了,土豆凸露本色
有着倔强的表情
我仰望着它,仰望着万物生长
嫩芽越来越尖锐
仿佛要穿破我的内心

把一枚土豆写入诗里
是件痛苦的事情
土豆生根、发芽,势必带来
春天的信息,一袋烟工夫
阳光就会扑面而来

炊烟为我打开朴素的柴门

我对黔之东南的每一丘田、每一匹山
都有着恋爱般的情愫
小桥、流水、山野、人家、吊脚楼……
它们总是不经意地,闯进我的文字里
然后肆意地释放诗意
春暖花开时节
涌动的群山仿佛恋人的拥抱
这动人的姿势,在清晨
暖阳升起的时刻缓缓打开
一汪溪水绕村而过
从容不迫,见证存在了数百年的荣辱
小桥下,倒映着夕阳晚归的母亲
她的步履越来越缓慢
近乎时光停滞不前
没有母亲的村庄不能称之为故乡
割了的稻茬又长起了新绿
炊烟一缕缕,越过屋后的山梁
一缕炊烟的缠绵,总能为我找到
回乡美丽的借口

同样，没有炊烟的故乡不能称之为故乡
多年了，我在黔之东南
冠以各种借口，等待一缕缕温暖的炊烟
为我打开故乡朴素的柴门

冬天，一只蚂蚁忘记回家的路

冬天，大雪覆盖村庄
视线之内，白皑皑的一片
一只蚂蚁迷失了方向
它焦虑不安，用触须探路
它希望在最短时间
要找到一条通往家门口的路

我把它捧着放在雪地上
天地太庞大了
雪地之上的那一丁点的黑
它显得太渺小
它很快被茫茫的白色淹没

一只蚂蚁忘记了回家的路
一只蚂蚁将失去故乡
它无助、沉默，恰如此刻
电视上正在播放的寻人启事
那个智残的老人
他和那只蚂蚁一样

迷失了回家的路
此刻的悲欢,让我流不下眼泪
我的眼袋里盛不下人世间辽阔的苦楚

遥远的打铁声

赤红的铁,反复地锤打
以柔软抵御坚硬
飞溅的火花,再一次烫伤
铁匠的眼睛

时间是块生铁
经不起反复锤打
在遥远的打铁声中
一晃,人生就老了
脸色铁青的人,像父亲
心里有柔情万丈
却禁不起反复地锤打

遥远的打铁声传来
在我驻守的村子,打铁声
充满期待,仿佛等着
那个脸色铁青的人
在暮色中,向我慢慢走来

与算命先生聊天的下午

那个下午,我与算命先生聊天
把整个夕阳都聊了个遍
从他眉间的沟壑,读出了艰辛
他微闭双眼,把别人的命运
逐一摸排,而他自己
却在垂暮的夕阳下
慌了手脚

从老街旧巷吹来的凉风
吹走了他迷茫的半生
我们在命运的船上
颠簸,世间最美好的词语
被他反复使用,毫无吝啬

在没有顾客的时候,他的沉默
比天空还辽阔
茫茫宇宙间,在他眼里
仿佛藏着命运的玄学

我们聊天的那个下午
他表示免费给我问一卦
我笑着说,再强劲有力的笔
也难写好"命运"二字
罢了,罢了。他深邃的眼睛
仿佛透着无尽的悲凉

黑汗珠

请原谅我用这样的比喻
真的,父亲像狗一样
从密不透风的炭窑里钻出来
炭窑像只倒扣的天锅
一丝凉风都没有
黑色的汗珠蚯蚓般爬满脸上
整个冬天,父亲伐树、入窑、烧炭
奔忙在山上,像只陀螺
那一担担黢黑的炭
是父亲用整个冬天
蓄积的黑汗珠换来的
父亲像黢黑的木炭
在冬天的风中显得更加瘦小
这些炭能卖几个钱?我质疑父亲
父亲嘿嘿地笑着,没有回答
远远看着父亲没入山中
伐木的声音传来
把树木变成炭
通红的木炭,变冷变黑

父亲也把我烧成了炭
脸上的黑汗珠
变成一粒粒晶白的盐
亮瞎那个冬天,再也不寒冷

回故乡

很多次，迷失回家之路
故乡的星空，高远
层层的夜色，在我心里弥漫开来
我多想把夜色藏进体内

当声色散尽，浮华远去
我沿着流浪狗的足迹
于某个深夜，悄然回乡

流浪狗的双眼，充满迷惘
怯生生地打望曾经熟悉的城市
只一夜间，变得陌生
我们都是匆匆过客
睡在地下通道的拾荒老人
颤巍巍的，轻舞着干柴一样的手
与流浪狗打招呼
流浪狗"汪汪"叫了两声，蹲在老人面前
流下了眼泪

此刻，秋风又紧了一下
拾荒老人裹紧身上的油毛毡
车辆呼啸而过，很多潮湿的诗句
一行行散落。像这条老了的狗
成了我的牵挂

在夜晚的最深处，一声犬吠
是这个世界温暖的招魂令
没有那一声声的呼唤
我们如一片落叶，一定散落人间
再也无法回乡

此刻，当我写下
沿着一条流浪狗的足迹回到故乡
写下来的汉字，让我脸红
不知所措的时候
那条流浪狗抬起头
泪水汪汪望着我

大片大片的月光倾泻而下

暮色笼罩,黄昏来临
一轮弯月冷冷清清
适合我此时此刻的心情
乡村年轻人已外出
我蹲在万籁俱寂的村口
背后大片大片的月光
倾泻而下,如银色的瀑布
倾泻于我心底,再仔细听听
有细微的、决绝的声音渗入体内
一缕隔世的乡愁
占据我庞大的内心
我失去所有表达的语言
尘世间的月光,不为我独有
肯定也在你身上
洒下了丝丝的清凉

这一轮弯月,鸟瞰尘世
仿佛普济天下慈悲
僻静的乡野,繁华的城市

它把我的影子拉长
却难抹去我内心的苍凉
来历不明的愁绪，在乡村
在这样的夜里，农舍的灯火已熄灭
我与大片大片的月光对视
眼里盈满泪水，仿佛
大片大片的月光倾泻下来
将我淹没在一汪泪湖

苗疆辞

1

祭祀的牛头举过头顶
祭祀的酒杯举过头顶
苗疆敲响了盛大的太阳鼓
奏响人神共鸣的乐曲
神灵醒来,一万平方公里的苗疆
……醒来,蛊的传说醒来
苗疆大千万物醒来

太阳初升,灵魂举向天空
在苗疆,众生安详生息
放低身段,头颅低于大地
只有神灵高高在上

层层梯田,连接天际
随风摇曳的稻穗,从远古的河姆渡走来
谷穗的芒,刀锋一样
划过苗疆人的内心,一粒稻谷

养育了苗疆人大山石头一样坚毅
与一只苍鹰比高
翅膀之上,是辽阔的蓝天
身体之下,矮于山泉之水
匍匐于地更需忍辱负重

写下迁徙的故事
所有的恩怨写在脸上
苗疆的一棵树、一株草
跟随迁徙的步伐
男人组建家园,开疆拓土
战争,让女人离开
只要留下生命的种子,来年春天
又蓬蓬勃勃,顽强生长

蚩尤的后人,日夜兼程
路途上膨胀的欲望
被热血,一点一点消融
多舛的命运,存活下来的生灵
点燃了苗疆的希望
渐冷的武器束之高阁
野心,比一万平方公里的苗疆还辽阔
吹响芦笙,奏响芒筒
高举猎猎的旗帜,在神灵指引下

继续匍匐前行

或许，时间太久远了
崩塌的废墟，锈迹斑斑的战刀
坟茔飘忽的磷火，一一指向虚无
蜡染缠在身上，神谕、咒语
口口相传的古歌
遗失的口信，让苗疆陷于沉寂
世事迷茫。丢失的记忆
始终无人提起，唯有涿鹿之战
写在纸上的江湖
恍若穿越了数载春秋

我数过所有的河流和山脉
我数过所有的牛羊和鸡鸭
我数过所有的高粱和玉米
我数过所有的粮仓和婚床
我数过所有的男人和女人
所有的所有，幸存的和不幸存的
——进入我的文字

2

疆，界也。无数人围就的城池

带来了火种，女人，和镰刀
牯藏头杀猪宰羊，把十指插入大地
滴出的血，寸寸渗入

糯稻迎风摇曳，秋风里
一曲古歌响起，腾起云雾
斗牛场上的嘶喊，高过山梁
胜为王败为寇，精于规则
雄性的牛，抖擞着生殖器
成了精神图腾
连年的征战、迁徙
人口锐减。繁衍后代是当务之急

人到哪里，牛就跟随到哪里
背上托着风干的牛头，裸露狰狞
这不完全是哀思
人打通了神的通道，牛打通了神的通道
生生息息、顽强抗争地延续
土，为疆
人，为疆
只有打通神灵的通道
精通秘语，才能进入苗疆心脏

牛王，生于苗疆葬于苗疆

春风拂过旷野
一场葬礼隆重拉开帷幕
牛王入土为安
荒山,又一轮野草蓬勃生长
以树为缟,以叶为旗
生命高过蓝天
山洪淹过的村庄
婴儿啼哭,一声比一声尖锐
新修的吊脚楼刷上了桐油

正如此刻,我在苗疆腹地
具体到一个叫西江苗寨的地方
翻读破了封皮的历史
蚩尤战马奔腾扬起的灰尘
纷纷而下。冷却的战刀
旧时的残阳,破损的驿站
高过人头的蒿草淹没了古道
悬挂墙上的牛头已经败色
驿站前的拴马桩,被岁月朽蚀
已经旧得不成样子了

裸露的石头,消失于村庄的芦笙
一如狭窄的时光
红透山顶的枫叶和一枚蝴蝶的标本

一张纸，无法承载历史之重

一束狗尾带来的谷种
在秋风中摇曳，低垂眼睑
恍若一粒粒燃烧的金子
家家户户晒出银饰
一路脆响，最原始的呼唤
神灵疼痛，铭记每一次黄昏
筚路蓝缕，多少年了
祖先的来路，始终忘却不了

败了的王不为寇
在苗疆腹地重振家园
生儿育女，在云端下凿整土地
腰带状的梯田绕山腰数百米
层层叠叠，金秋时节
仿佛遍山撒满金子
所谓江山，所谓家国，所谓天下
在一个王的眼里
如眼前舒展的画卷，无数的暗疾

祭祀的鼓声敲响云天
祈祷风调雨顺，祈祷六畜兴旺
更多时候，苗疆人仁者乐水智者乐山

无怨无悔,望天吃饭
多年前那场瘟疫,绵延的旱灾水灾
人口在锐减,牲口在锐减
伤口再撒上一把盐巴

更多的时候,苗疆人如一株芭茅草
沟壑边、悬崖边,见土生长,见水生长
见风生长,张扬着、蓬勃着
演绎着生命的不羁

我多次写到苗疆,写到蚩尤
那些名不见经传的故事、地名
所有的荣辱,期盼和滴血的头颅
列队一般进入我的文字
苗疆永远不会忘记进入它的人
百年之后,千年之后,万年之后
文字无法承载之重
如苗疆的辽阔与无垠

3

伸开双手,撕裂彻冷的月色
当所有的记忆随历史远去
记住那场振聋发聩的战役吧!

"黄帝与蚩尤战于涿鹿之野"
战马嘶鸣、金戈铁马,第一次大型战役
已经写入中华文明史
涿鹿之战,为冷兵器时代抹上浓烈的一笔
翻看《史记·五帝本纪》的历史册页
黄帝、炎帝部落集结的武士们正冲杀而来
洪水一般席卷

英雄末路。割下的头颅还怒目圆睁
血迹斑斑,刀剑划破宁静
极目远眺,每一粒扬起的尘土
是一枚飞扬的文字
都发出了金属的声音
叩击着我的灵魂

危机四伏,到处是狼烟
我的心里恍若地震前的躁动
像一头斗牛,带着原始的野性
横冲直撞,必须用尖刀划破手指
才能释放燃烧的血液

太阳,依然照耀世间万物
目睹了这场战争的惨烈
它见证了、它看见了,而它缄口不谈

史书一页页翻过
铜头铁额、威震天下的蚩尤
上古时代九黎族酋长蚩尤
苗族祖先蚩尤
武战神披发跣足
吞食女魃走石飞沙
以马革裹尸，长歌浩浩荡荡
浴火的战旗依然在空中
猎猎作响

4

巨大的残阳陷落之后，冷月姗姗来迟
我的目光越过层层山峦
仰望浩渺长空，内心悲凉
内心的感慨和忧伤，莫名生起
人们哭后，打扫乌烟瘴气的战场
燃起了篝火，唱起了古歌
歌声沉闷，卡在喉咙中的血垢
怎样才能咽下去？

你的子民，是否厌倦了争夺
厌倦了战争，身背黄河
退到长江中下游，一退再退

数次的背井离乡
在洞庭湖、鄱阳湖之滨建立"三苗国"
三苗之势继续抗击入侵的黄帝
以隐忍的方式,赢得短暂的和平
鼻音细碎,烈马安息
一路迁徙,一支从广西融水
溯都柳江抵达黔之东南
抵达西江,在这块土地上
生生息息

黎明前的鼓声,让人心焦
战场外的妇女和小孩惊慌失措
女人期待征战的丈夫完整归来
屈辱和不安,只期待
战争胜利以赢得部落安宁

然而,多少男儿血洒疆场
在她们的眼里永远消逝
那些不知归来的故人
以另一种方式活在梦里

5

站着是生,躺下是死

生老病死，听天由命
抬头仰望蓝天，俯首甘为大地
苗疆人第一声呼唤是蝴蝶妈妈
他们的诞生于庞大的卵
生长在一株高于蓝天的枫树上
壮烈地生，壮烈地死
生，一声哭，鞭炮声炸响
死，一声哭，鼓乐声齐鸣
苗疆人宁可掉下头颅
也要站着

与苍天同在
与日月同在
与苗疆硕大的胞衣同在
那株最大的枫树，如健硕的老人
经年飘着红叶，生命依然旺盛
树不能死，只能老
有朝一日伐下，打造最好的家具
苗疆人死后，就栽下一株树
一株树承载着后人的怀念
老去的树，是生的开始

苗疆成城，历史终究老去
五千年了，在涿鹿之野

烽卷万丈狼烟
落叶萧萧，枫树已经渗出了血
猎猎的战旗，把天空遮掩

"天下咸谓蚩尤不死
八方万邦皆为弭服。"
即使身首异地，也无憾无悔
枫林正茂，鲜血一样的枫叶层林尽染
战马齐鸣，翻了刃的战刀泛着寒光
如果发黄的史书能够容纳
历史所有的细节
那么，我就不一一记载了

争夺田地，争夺牲口
争夺女人，扩张疆域
一朵浮萍引发的导火索
更大的苗疆，更多的口粮
或许是牛羊需要更大的草场
欲望的海，无限扩张

所有的秋天都让人备感辽阔
涿鹿城外依然不例外
苍鹰一直在枫树上，刻意没有离去
微凉的秋天在等待归来的主人

战马竖起耳朵
倾听从远处传来的马蹄声
它们在呼唤，抱团突围
城外饱满的谷物
等待秋天收割的镰刀
日月就在窗前，一刻没有离开
美如一帧油画
却无法熄灭涿鹿城外的战火

一片梯田，把躯体和灵魂凿了进去
一间草屋，藏起所有的哀伤
苗疆，藏有所有的一切
泥土、沙石、泉水
一万平方公里的版图
撑起了苗疆的天空

6

秋天又冷下去一寸
在秋风深处，帐篷里
加急的军情，燃起的令箭
让收回鞘的弯刀又弹起
士兵的脸上多了一层风霜
却显得更加硬朗

城外响起了难眠的笙音
苦难的号子，在城外激越响起
太阳，像一面不落的战旗
照耀着苗疆

秋天的太阳悬在部落上空
我在阳光下释放心中崩堤的力量
燃烧的欲火，突破藩篱
小小的心里哪里容纳得下？

石破天惊。当历史的车轮滚滚而去
我在梦中逐梦中原，与蚩尤相遇
无数次败在他锐利的目光里
春天，被斩于马下

我在每一个早晨
踩着阳光的碎银子
怀想长袍曳地的朝野、龙椅
而历史已远。长发飘逸的蚩尤
却在眼前，一个朝代飘摇了多少年月
留下来盛酒的器皿，暗藏在血管的光辉
一点点暗淡。时间之上
就是一场悲壮的战争

苗疆人自带火种和女人
有浮萍的地方，就是故乡
有猎狗的地方，就是故乡

7

九月的苗疆，金黄遍地
低垂的丰收，矮过我的肩膀
一粒稻谷，如我饱满的母亲
这个秋天，她在忙着打扫谷仓

一株茂盛的稗子，倔强
如我卑微的前世
一粒稗子，埋入我的血管
在金黄的稻谷里面，几近异类
一粒稗子被提前唤醒，它的冬天
也提前唤醒

我曾很多次写到谷穗，写到
温暖胃的粮食
这些苗疆随处可见的谷物
是我一粒粒饱满的诗歌
于无数个夜晚温暖我，就像现在
只要一低头，那束谷穗

就可以刺伤我的额头

苗疆的小溪,开始涨水
鱼儿悠闲游动,稻香沉醉
俯下身去,流淌在我心上
一束谷穗,从我干涸的心田走过
带着风的密语

秋风一阵阵,吹过一万平方公里的苗疆
一粒饱满的稻子
吹进我的诗里,我蹲下身子
搀扶着这粒稻子
走过秋天、冬天,走进人间四季
这粒稻子的热
比一首情诗还要烫
比一把匕首还锋利

8

沪昆高铁、贵广高铁陆续开通
时间和万物
相对寂静下来,时光
被莫名超速,满地的月光
提前抵达苗疆。一列列动车

带来欢笑,从低矮的村落经过
带来满天霞光

云层低矮,天空蓝得心慌
逆光的鸟羽泛着光芒,仿佛触手可及
窗外翻过的山峦、树木及庄稼
一闪而过的还有
老黄牛泪汪汪的眼睛

铁轨蜿蜒,梦在远方
劲风吹来,高粱、玉米闪在我的身后
我怕走得太远,丢下我的爱人
我的牛羊,喂饱我的庄稼
行走在幽暗的历史隧道
能否带我回乡?

在一座风雨桥上、一座鼓楼旁
在我梦里千百度的苗疆
我静静地躺在那里
看清水江流水悠悠远去
哪怕一万年
也不愿意醒来

9

生在苗疆,有写不完的过往
你目睹一头斗牛战死
也目睹一位母亲,在河畔
哭诉多年前被洪水冲走的孩子
每年夏天,不及膝的河水都要卷走几个小孩
哭声比水声还大
那些母亲,一夜间
头发全白,仿佛大雪覆盖苗疆

这些,如一朵水花轻轻跃起,湿了衣襟
然后复归于寂静
苗疆依然日出日落,依然喝酒唱歌
世间万物巨细
构成了辽阔、无垠的故园

今天,我在苗疆腹地仰望雷公山巅
厚重的云层滚动而来
压低苍穹,仿佛五千年前那场战争
队伍正在集结
我曾无数次构思那个深秋的情景
无数次在纸上写下:蚩尤
挥舞的宝剑划破云层

洪钟的声音一定把云层逼退回去
我感到天地在晃动
牛皮鼓声价响,苗疆大地在颤抖
密集的脚步踏出数丈高的尘烟
地底下,仿佛有滚雷在奔跑

战火灰飞烟灭,留下史诗般的悲壮
五千年了,你一直在苗疆
一直放心不下你的子民
战火中斩落的头颅
发出怒吼声,滚出数丈之远
正熔成不死的灵魂,精神的图腾
不屈不挠的性格
已经嵌入基因,一代代相传
一个顶天立地的民族英雄
活在我们心中

在苗疆,我有蚩尤的遗风
朗爽地笑,朗爽地大碗喝酒
欢乐震落片片瓦砾
我的笑声像梯田种下的谷物
只要种子不死
来年就会昂扬春天的希望

芦笙在五千年的历史长河里吹响
你的图腾，你的精神
在浩瀚的苍穹中
日月可鉴，成为人世间
永远不落的传奇
恍若一轮纯粹的太阳
你的血液穿越了五千年的历史
裹挟着尘埃，浩浩荡荡
温暖不减，色质不减
依然在我的血管里流淌
竖起的战旗
飘扬在广袤的苗疆

图书在版编目（CIP）数据

守望人间最小的村庄 / 姚瑶著． -- 北京：作家出版社，2022.11

（中国少数民族文学之星丛书·2022 年卷）

ISBN 978 - 7 - 5212 - 2000 - 1

Ⅰ.①守… Ⅱ.①姚… Ⅲ.①诗集 - 中国 - 当代 Ⅳ.①I227

中国版本图书馆 CIP 数据核字（2022）第 160626 号

守望人间最小的村庄

作　　者：	姚　瑶
责任编辑：	史佳丽　李亚梓
特约编辑：	赵兴红
装帧设计：	孙惟静
出版发行：	作家出版社有限公司
社　　址：	北京农展馆南里 10 号　邮　编：100125
电话传真：	86 - 10 - 65067186（发行中心及邮购部）
	86 - 10 - 65004079（总编室）
E - mail:	zuojia@zuojia.net.cn
http:	//www.zuojiachubanshe.com
印　　刷：	唐山玺诚印务有限公司
成品尺寸：	152×230
字　　数：	43 千
印　　张：	14.75
版　　次：	2022 年 11 月第 1 版
印　　次：	2022 年 11 月第 1 次印刷
ISBN	978 - 7 - 5212 - 2000 - 1
定　　价：	46.00 元

作家版图书，版权所有，侵权必究。

作家版图书，印装错误可随时退换。